Tatyana von Leys

das kleine Buch zum neuen Denken

AF187885

TATYANA VON LEYS

DAS KLEINE BUCH ZUM NEUEN DENKEN

TECHNIK UND MACHT = EVOLUTION NEU GEDACHT

ESSAYS

FSC
www.fsc.org
MIX
Papier aus ver-
antwortungsvollen
Quellen
Paper from
responsible sources
FSC® C105338

Bibliografische Informationen der deutschen Nationalbibliothek

Die deutsche Nationalbibliothek verzeichnet diese Publikation in der deutschen Nationalbibliografie; detaillierte bibliografische Daten sind im Internet über http://dnb.dnb.de abrufbar.

© Juni 2018 Tatyana von Leys
Satz und Layout: Buch&media GmbH München
Herstellung und Verlag: BoD – Books on Demand, Norderstedt
ISBN: 978-3-7460-5451-3
Printed in Germany

Die Notwendigkeit neuer Visionen und Utopien ist angesagt. Ich bekenne mich zum »Neuen Denken«, unser Schicksal mit der Technowissenschaft zu teilen, jedoch nicht ohne Berücksichtigung vieler offener Fragen und Zweifel.

Die Zukunft hat schon längst begonnen: Eine neue evolutionäre Phase des Menschen wurde technisch eingeleitet:

Für alle, die sich fragen:
WARUM? – WIESO? – UND ÜBERHAUPT?

»Neu denken«
Tatyana von Leys 2017
80 x 100 cm / Mischtechnik auf Leinwand

INHALT

VORWORT

Es geht um mehr als Klimawandel, enorme Belastungen durch radioaktiven Fallout und toxische Chemie, Genozide an Menschen, Terror, Migrationsströme, wirtschaftliche Unsicherheit und Schuldenkrise. Wir haben es mit umweltgestaltenden, anthropologischen, sozialen und interpretativen Kräften zu tun, deren Auswirkungen niemand vorhersagen kann. Wir stehen an einem Wendepunkt unserer Geschichte.

Ein neues Zeitalter wurde ausgerufen: das Anthropozän.

Anthropos bedeutet im Altgriechischen *Mensch* und *Zän* ist die *Zeit*. Gemeint ist ein neues geologisches Zeitalter, das vom Menschen bestimmt ist. Der Mensch greift seit Beginn der industriellen Revolution vor rund 200 Jahren so massiv in die biologischen, geologischen und atmosphärischen Prozesse auf der Erde ein, dass die Auswirkungen noch in 100.000 bis 300.000 Jahren zu spüren sein werden. Das Anthropozän wäre damit das Zeitalter beispielloser menschlicher Einflüsse. Die Einsicht, dass das Anthropozän als ein Grenzereignis angesehen werden sollte, wird diskutiert und hat viele Anhänger gefunden.

Ein neues Denken wird die Grundvoraussetzung für alles Zukünftige sein.

Meinen Kindern Alexander, Clemens und Greta

NEU DENKEN

FRÜHER WAR ALLES BESSER

Wir lieben und achten sie, verdrängen und belächeln sie, je nachdem wie wir uns fühlen. Sie versüßen unsere Gegenwart und bringen Vergangenes zurück. Es sind Gedanken, die ein Gefühl der Nostalgie auslösen, wenn die Erkenntnis sagt, dass nichts mehr so ist, wie es einmal war: sei es die Rückkehr an einen geliebten Ort, Erinnerungen an unsere Kindheit, die ersten Berührungen einer großen Liebe. All das ist Nostalgie. Früher bedeutete *Nostalgie* nichts anderes als *Heimweh*. Und *Heimweh* bedeutet, dass wir uns nach unserer Heimat sehnen oder sie gar verloren haben. Wo immer ich Menschen begegne, fällt irgendwann der Satz: »Ach ja, früher. Früher war alles besser!«

Die Nostalgie als das wehmütige Zurückblicken in alte Zeiten betrifft alle Schichten in Politik und Gesellschaft und sowohl Jung als auch Alt. Die Älteren unter Ihnen erinnern sich noch an ein rechteckiges Tafelbild, auf dem ein Schäfer seine Herde hütet, während die Abendsonne ihr rosig-warmes Licht darüber streut. Das gute alte Stück gehörte zum kleinbürgerlichen Interieur wie die gestickten Sinnsprüche auf Kissen und Deckchen. Das romantische Etwas hatte seinen Platz genau über dem ehelichen Doppelbett – es war auch Ausdruck und Lebensgefühl einer ganz bestimmten Zeit.

Lieb gewonnene Erinnerungen erfüllen unser Herz mit Freude. Studien zeigen, dass Nostalgie die Stimmung hebt, Einsamkeit und Ängste vertreibt und einen emotionalen Ausweg in Krisenzeiten bietet.

Ich kann mich noch gut daran erinnern, als die Jahreszeiten noch Jahreszeiten waren und so viele Kuhglocken in den Alpen schellten, wie Primeln auf den Wiesen blühten. Dem klaren Frühling folgte ein wohltuend warmer Sommer, den ein angenehmer Herbst ablöste, der wiederum in einen schneereichen und kalten Winter überging. Fuhr man im Herbst über Land, sah man Menschen bei der Kartoffelernte ohne elektronische Erntehilfen. Noch heute hab ich den Geruch nach feuchter Erde in der Nase. Im Winter gab es keine Toten auf den Skipisten, das Tempo war ein anderes. Wir spielten im nahe gelegenen Wald »Räuber und Gendarm«, versteckten uns im hohen Gras, während Grillen zirpten, Libellen surrten und Schmetterlinge mit ihren zarten Flügeln auf unsere nackten Waden schlugen.

Oh ja – Nostalgie!

Nostalgie ist ein Gefühl mit großer Anziehungskraft, das uns oft an ein Leben im Verbund mit der Natur erinnert. Nicht nur Klassisch-Konservative, auch zahlreiche Jugendliche hängen dieser Gesinnung nach. Eine Art gesellschaftliches Mantra von der guten, alten Zeit zieht durch unsere Welt.

Apropos: Kennen Sie das?

Dieses nostalgische Herumsitzen und jemand sagt »George Harrison« und sofort kommt der Gedanke an *My sweet Lord*. Wehmütig erinnern wir uns an die Zeit des Aufbruchs und Protests, eine Zeit des kollektiven Traumes. Es gab weder Handys, Computer, iPads, noch andere Geräte, die uns heute bekannt sind. Zu dieser Zeit hieß es noch *Fernsehen*.

Die berühmten 1960er-Jahre. Fernsehen war auf wenige Stunden am Tag beschränkt. Optisch konnte man die Ausbreitung der Fernsehmanie an den Antennen auf den Dächern der Häuser erkennen. Ein lustiger Anblick, was zu wachsen und sprießen begann, Gewächshäuser der neuen Art.

Oswald Kolle, der Aufklärer der Nation, hat unser Verhältnis zum Sex nachhaltig geprägt. Wir hörten Musik, steckten uns Blumen ins Haar und saßen im Kino. Die *nouvelle vague,* die wohl wichtigste Bewegung der europäischen Filmgeschichte, brachte uns eine neue Sprache des Films, aufregend bunt. Endlich wurde der Film als Kunstwerk gesehen und machte Schluss mit Boulevard und Heimatfilm. Nicht die Darstellung der Außenwelt interessierte die Filmemacher, sondern die Darstellung des Inneren. Einige Jahre später zeigte sich unser Traumpaar nach ihrer Trennung wieder vereint, Romy Schneider und Alain Delon mit aufregenden Szenen am Swimmingpool. Françoise Sagan schenkte uns ein wunderbares Buch mit dem Titel *Bonjour Tristesse.* Alles war so anders als heute!

Es gab zwar etliche Terroranschläge durch die RAF (Rote Armee Fraktion), die PLO (Palästinensische Befreiungsorganisation) und die ETA (baskisch für Baskenland und Freiheit), doch noch kein Aids und keine Vogelgrippe. Es war eine hoffnungsvolle Zeit!

War aber wirklich alles so gut?

Bei näherer Betrachtung kommen wir auf ein anderes Ergebnis.

Mit Schrecken erinnern wir uns an den Abwurf der ersten Atombombe auf Hiroshima am 06.08.1945 und drei Tage später auf Nagasaki. 1962 beschäftigte uns die Kubakrise, die Welt vor dem Abgrund des Dritten Weltkriegs, und im Jahr darauf blutete uns das Herz wegen des Attentats auf John F. Kennedy.

1965 erfolgte das Eingreifen der USA in den Vietnamkrieg und 1968 der Prager Frühling: Der 20-jährige Student Jan Palach verbrannte sich am Wenzelsplatz in Prag. Kurz darauf folgte die Unterzeichnung des Atomwaffensperrvertrags.

Es gab den Biafra-Krieg, den Sechstagekrieg, den Fußball-krieg, den Golfkrieg, den Falklandkrieg, den Libanonkrieg etc. Und wenn wir tiefer in die Geschichte blicken, haben zu allen Zeiten die Menschen Kriege wegen ihres Glaubens geführt und Andersgläubige zwangsmissioniert oder umgebracht.

So viel zur Nostalgie.

Ist es nicht so, dass die wehmütige Hinwendung an vergangene Zeiten zur Idealisierung und Verklärung neigt?

APOCALYPSE NOW

Abgesehen von dem Problem mit der Nostalgie haben wir ein weiteres, nämlich das Problem mit der Apokalypse. Geht es nach der Offenbarung des Johannes, wie sie in der Bibel beschrieben ist, gibt es Zeichen, die uns das Ende verkünden. Nun glauben auch immer mehr Menschen, dass die Apokalypse näher rückt. Atomwissenschaftler und andere legen ihre mahnenden Finger auf die Uhr und glauben, wir sind nur mehr drei Minuten vom Finale entfernt. Verantwortlich für ihre Aussage machen sie den durch den Menschen verursachten Klimawandel und die Zunahme der atomaren Aufrüstung.

Andererseits melden sich beruhigende Stimmen und verkünden: Die Apokalypse ist heute nicht näher oder ferner als jemals zuvor.

Wir können das Wort *Apokalypse* im etymologischem Sinn verstehen, nämlich im Sinn einer Zeitenwende. (Apokalypse, griechisch: ἀποκάλυψις *»Enthüllung«*, wörtlich »Entschleierung«)

Was wäre, wenn wir zum Beispiel von der Zukunft zurück auf die Vergangenheit blickten, die unsere Gegenwart ist? So müssen wir apokalyptisch denken – im Sinne einer Wende der Zeit- und Zielrichtung.

Von dieser Wende sind wir alle betroffen und jeder spürt sie auf die eine oder andere Weise.

ENTSCHLEIERUNG

Um unsere jüngste Geschichte zu verstehen, müssen wir uns der industriellen Revolution bewusst sein. Sie hat unser Menschenbild auf rasche und vielfältige Weise geprägt. Durch sie hat sich sowohl das Individuum als auch die gesamte Menschheit einem ständigen Veränderungsprozess unterworfen. Diese Veränderungen betreffen alle unsere Aktivitäten, Beziehungen und unser Verhalten. Entwicklungsgeschichtlich sind wir von einer natürlichen Ordnung abgerückt und rutschen immer mehr in eine künstliche.

Der Prozess, den wir industrielle Revolution nennen, begann in der zweiten Hälfte des 18. Jahrhunderts. Bevölkerungsexplosion und Adelsinitiative schufen in Großbritannien die

Grundbedingungen dafür. Die britischen Adeligen hatten aufgrund der traditionell starken Getreideexporte und Textilwarenherstellung Kapital angesammelt, das sie in Wirtschaftsunternehmen investierten. Die Erfindung der Dampfmaschine und des mechanischen Webstuhls prägten die Anfänge dieser Zeit. Der Fortschritt lockte die Menschen an. Viele folgten dem Ruf in ein vermeintlich besseres Leben in die Städte und hatten als Lohnarbeiter zu arbeiten begonnen. Aus selbstständigen, in Familienstrukturen eingebetteten Selbstversorgern wurden abhängige Menschen, die arbeitslos werden konnten.

Schienennetze wurden gebaut, sowohl in Europa als auch in den USA.

Bald befeuerten Öl und Elektrizität die Gesellschaft. Die ersten Automobile tauchten ab dem frühen 20. Jahrhundert auf. Arbeit wurde zunehmend automatisiert, in den Fabrikhallen produzierte man in Rekordzeit am Fließband, Motoren nahmen weitere Arbeit ab. Die Massenproduktion ermöglichte die Herstellung riesiger Kontingente an Waren. Dampfmaschinen transportierten immer mehr Güter in immer größerer Zahl über weite Strecken. Die moderne Telekommunikation begann, was Arbeitsprozesse weiter beschleunigte. Am Himmel sah man die ersten Flugzeuge und Handelsschiffe überquerten die Weltmeere.

Die dritte industrielle Revolution, auch digitale Revolution genannt, bezeichnet den durch die Digitalisierung und Computer ausgelösten Umbruch, der mit Ausgang des 20. Jahrhunderts begann. Die Geburt der *Denkmaschine* trat ihren Siegeszug an.

»Nicht die Erfindung der Atombombe ist das entscheidende technische Ereignis unserer Epoche, sondern die Konstruktion der großen mathematischen Maschinen, die man vielleicht

mit einiger Übertreibung gelegentlich auch Denkmaschinen genannt hat.«[1]
(Die ersten Programme auf Computern liefen zwischen 1951 und 1956 in England und in den USA.)
»Die unwiderrufliche Verbindung von Mensch und Maschine begann mit der Kybernetik.
Das Forschungsfeld der künstlichen Intelligenz (KI) war eröffnet.«[1]

Elektronik und Automatisierung veränderten unser Leben von Grund auf. Der Personal Computer eroberte die Welt, Arbeiten wurden in Billigländer verlegt.
Seit Ende des 20. Jahrhunderts hält uns die vierte industrielle Revolution in Atem. Hier liegt der Fokus auf der zunehmenden Digitalisierung und Vernetzung. Durch die Vernetzung soll es möglich werden, ganze Wertschöpfungsketten zu optimieren. Ob selbstfahrende Autos, 3-D-Drucker oder künstliche Intelligenz – die ungeheuer schnelle und systematische Verschmelzung von Technologien hat uns in ein neues Zeitalter katapultiert:
Die fünfte industrielle Revolution mit künstlicher Intelligenz hat begonnen. Bald kann der Geist des Menschen auf Maschinen übertragen werden und selbst der Tod könnte seine Macht über uns verlieren, wenn es nach den Vorstellungen einer neuen großen Bewegung geht, der Bewegung der Transhumanisten.
Science Fiction?
Nein, die Zukunft hat begonnen.

Transhumanisten gehen davon aus, dass die nächste Evolutionsstufe der Menschheit durch die Fusion mit Technologie erreicht und die Biologie, wie wir sie kennen, überwunden wird. Bevor ich zu diesem Kapitel der Menschheit komme, möchte ich anhand eines kleinen Überblicks über die Entwicklungsgeschichte jetziger und vergangener Ereignisse, Gedanken und Überlegungen herausstreichen. Dies geschieht in typisch weiblicher Art höchst willkürlich. :-)

GLOBALE SUPPE
WER KOCHT SIE? WER RÜHRT SIE UM?
WER LÖFFELT SIE AUS?

Bei Globalisierung denken die meisten Menschen an den globalen Markt. Doch Globalisierung ist alles und hat aus diesem Grund von mir den Begriff *globale Suppe* bekommen. Globalisierung beschreibt das Phänomen der zunehmenden Verflechtung auf politischer, wirtschaftlicher und kultureller Ebene. Kaum ein anderer Begriff wurde so heiß diskutiert wie jener der Globalisierung. Alle Meinungen dazu schwanken zwischen Glorifizierung und Dämonisierung. Einerseits werden geradezu euphorische Erwartungen mit der Globalisierung verbunden, andererseits ist sie ein Schreckgespenst. Der Wandlungsprozess sozioökonomischer Strukturen, der unter dem Stichwort Globalisierung zusammengefasst wird, ist ein derartig weitreichendes Gebiet, dass sich Universitäten, Thinktanks, Wirtschaftswissenschaftler und Fachleute aus allen Richtungen damit beschäftigen.

Wenn wir uns fragen, wann die Globalisierung genau begonnen hat, stoßen wir auf Ungereimtheiten. Niemand kann diese Frage genau beantworten und die Meinungen gehen diesbezüglich weit auseinander. Beispielsweise wurden bereits in der Antike griechische Freihandelsbeziehungen nach Eurasien intensiviert, doch in diesem Zusammenhang von Globalisierung zu sprechen, wäre übertrieben. Eine radikalere Auffassung von Globalisierung geht davon aus, dass es diese immer schon gab, wenn man die ersten Wanderbewegungen vor über 100.000 Jahren miteinbezieht.[2]

Eine Vorreiterrolle spielte das Handelsvolk der Phönizier und außereuropäische Weltreligionen, die sich mit Wirtschaft und Handel beschäftigten.[3]

In Europa steht das Imperium Romanum für die Wurzel der Globalisierung. Es besteht kein Zweifel, dass sich innerhalb des Imperiums Globalisierungstendenzen abzeichneten. Wie heute die Weltsprache Englisch ist, war es damals Latein. Es soll auch eine Weltwährung gegeben haben, ähnlich dem Euro. Eine Parallele zu heute zeigen Probleme mit Minderheiten und angeblich war Fremdenhass auch bekannt. Die staatliche Wirtschaftspolitik beschränkte sich auf die Legionen um Rom, um diese mit Getreide aus den Regionen zu versorgen. Trotzdem gab es bereits Fernhandel. Der luxuriöse Fernhandel mit China und Indien war jedoch allein der Oberschicht vorbehalten. Von einem stabilen Netzwerk kann nicht die Rede sein, wohl aber von Interaktionen.[4]

Was die Religion angeht, bediente man sich in Rom wie in einem Supermarkt. Es herrschte eine Götter-Globalisierung, die toleriert wurde, solange den Staatsgöttern wie Jupiter, Juno, Minerva und allen anderen nichts passierte und deren Huldigung fortgesetzt wurde.

Bei allen Untersuchungen, ob es globale Netzwerke bereits in der Vergangenheit gab, stellt sich vor allem die Frage, wann und wo es diese gegeben hat.

Der erste Globalisierungshöhepunkt im 19. Jahrhundert wird im kommunistischen Manifest von 1848 beschrieben. So ist bei Marx und Engels nachzulesen:

»Die Bourgeosie hat durch ihre Exploitation (Ausbeutung) des Weltmarkts die Produktion und Konsumation aller Länder kosmopolitisch gestaltet. [...] An die Stelle der alten lokalen und nationalen Selbstgenügsamkeit und Abgeschlossenheit tritt ein allseitiger Verkehr, eine geistige Produktion.«[5]

Heute sehen wir, dass alles und jeder Lebensbereich kapitalisiert ist, dem kapitalistischen Prinzip unterworfen: Wenn in New York Kamikazeterroristen in Hochhäuser fliegen, rasseln die Börsenkurse, wenn in China ein Sack Reis versehentlich ins Wasser fällt, muss Herr Leys in Wien eineinhalb Wochen mehr von seiner Lebenszeit in den Arbeitsprozess stecken, da sonst ein Loch in den öffentlichen Rentenkassen klafft, zumindest dort, wo es noch einigermaßen fnktioniert. Auch die Vorgänge an der Weizenbörse verändern unser Leben dramatisch.

Die Globalisierung der Finanzmärkte hat eine höhere Anfälligkeit für Krisen gebracht, auch wenn sie in anderen Regionen der Welt verursacht worden sind.

Seit 1979 ist der Neoliberalismus als politische Ideologie weltweit präsent. Trotz der großen Herausforderungen, besonders seit den Kredit-, Finanz-, und Haushaltskrisen ab August 2007, hat sich der Neoliberalismus noch weiter verschärft. Am Beispiel der Banken lässt sich dieser Trend festmachen: Solange Banken wissen, dass ihre Verluste vom Steuerzahlen getragen werden, spekulieren sie weiter. Die Steuerzahler wurden zu Untertanen des Systems. Wehe dem, der nicht zahlt.

Der Staat hat sich gegen jede Vernunft dem Finanzkapitalismus untergeordnet. Die Staatsgewalt ist längst in den Händen des Big Business. Kaum jemand nimmt den Politikern noch ab, dass sie Banken und Konzerne in Schranken weisen können. Wo Privatisierung um sich greift, haben Nationalstaaten immer weniger zu sagen. Das neoliberale Wirtschaftsmodell zerstört und baut auf, schafft für die einen Reichtum, für die anderen bittere Armut. Es ist verrückt und rational nicht nachzuvollziehen.

Eine verwirrende und zugleich traurige Diagnose.

Doch wollen wir nicht in Traurigkeit versinken. An dieser Stelle möchte ich Sie gerne einladen, mit mir den Ort zu betreten, an dem die globale Suppe gekocht wird. Gesund soll sie sein (leider nur für einen Bruchteil der Menschheit) und ihre Zubereitung muss schnell gehen!

Wo liegt nun dieser Ort? Die Großküche befindet sich im Kopf, vorläufig noch in meinem.

Sind Sie bereit und kommen mit?

Stellen Sie sich vor, wir betreten eine Großküche.

Ein ganzes Heer von Weißmützlern kocht wie jeden Tag an der globalen Suppe. Der oberste Küchenchef stellt den internationalen Finanzmarkt dar.

Er wirkt beunruhigt und nervös. Seine Haut, aschfahl, weist Brand- und Blutspuren auf, die Augen tränen. Ich wippe auf meinen Absätzen und frage mich, ob ich mir Sorgen um mein bisschen Geld auf der Bank machen muss, denn der Euro, so heißt es, sei ein Wackelkandidat. Früher wurde das Wackeln auf einige Länder wie Griechenland oder Italien begrenzt. Mittlerweile wackelt ganz Europa mit ihnen.

Nun versuche ich meine Nervosität in Anbetracht des täglichen Horrors zu verbergen, gebe mir einen Ruck und entschließe mich nach den Ingredienzien der Suppe zu fragen.

Ich frage: »Welche Zutaten verwenden Sie?«

Der Maître de Cuisine rührt unentwegt, als würde ihm der Topf samt Inhalt zwischen den Fingern zerrinnen. So konzentriert sein Blick auch sein mag, mich kann er nicht täuschen. Er wirkt zerstreut, fahrig und schwer krank. Eigentlich ein Bild des Elends mit seinen nach vorn über gebeugten Schultern und der gekrümmten Wirbelsäule. ›Kein Wunder‹, sage ich mir, ›ich könnte an seiner Stelle auch nicht mehr gerade stehen.‹

Endlich bewegt er seine Lippen und sagt: »Die Ingredienzien sind Preisbildung und New Economy.«

»Aha!«

Nach einer kleinen Pause setzt er fort: »Instrumente, Derivate, Dax und Dow Jones; Akteure und Börsen; Wertpapierhandel und Verflechtung der Finanzmärkte; Marktwirtschaft und Netzwerklogik; Devisenmarkt, Währungspolitik, Hoffnung mit Risikoabsicherung; Ratingagenturen und Handelsbedingungen; Deregulierung und Staatsintervention; Silicon Valley und Transhumanismus; Money, Money, Money ...«

Die Worte kommen schnell und bitter aus seinem Mund. Er wischt sich mit einem weißen Küchentuch die Schweißperlen von der Stirn und bittet mich, näher an den Herd zu treten. Ich mache einen Schritt nach vorn, der heiße Dampf der Suppe schlägt mir ins Gesicht.

Der Küchenchef zieht mich wie eine heimliche Geliebte zu sich und flüstert in mein Ohr: »Normalerweise werden skurrile Rezepte zusammengefischt und gekocht.«

Seine Augen werden groß und größer, als staune er selbst über sich und seine Arbeit, die er zu verrichten hat.

Er beginnt zu lachen. Zuerst ganz leise, dann lauter, schließlich brüllt er vor Lachen. Jetzt schüttelt er sich vor Lachen, während der Kochlöffel wie der Besen einer Hexe über seinem Kopf schwebt. »Soll ich Ihnen was verraten?«, fragt er mit schelmischem Blick.

Ich nicke.

»Das bleibt aber ein Geheimnis.«

Ich nicke noch stärker.

Er flüstert in mein Ohr: »Wir probieren einfach alles aus, ohne zu wissen, was dabei herauskommt.«

Dann zuckt er mit den Schultern, als wolle er sich entschuldigen und sagen: »Ich hab's ja nicht erfunden. Ich bin auch nur Teil des Systems.«

In meinem Kopf jagt ein Gedanke den nächsten. Ich denke an die Milliarden, die in Sekundenbruchteilen den Besitzer wechseln, während Migration beschleunigt wird und der internationale Warenaustausch die Welt beherrscht. ›Was du auch willst‹, sage ich mir, ›der Kapitalismus ist der sicherste Weg es zu bekommen; er absorbiert jede Quelle sozialer Dynamik, beschleunigt das Wachstum, sorgt für Veränderungen und beeinflusst sogar die Zeit.‹

In diesem Moment schießt mir ein Gedanke durch den Kopf: ›Ich kapitalisiere mich!‹ Plötzlich ist mir klar, dass alles, was ich jemals gelernt habe, was ich bin und was mich ausmacht, an Kapital gemessen wird. Indem der Mensch sich verwirklicht, bringt er sich in die kapitalistische Ding- und Sachwelt ein, lässt sich gefangen nehmen und berauben. ›Ich bin das Kapital‹, sag ich mir und wiederhole: »Ich bin das Kapital.«

Der Gedanke läuft sich langsam leer und ich frage weiter: ›Warum schafft das System so viel Reichtum und Elend zugleich?‹

Gleichzeitig frage ich mich, wie die Weißmützler so schnell arbeiten können. In der Küche geht es zu wie in einem Bienenschwarm. Der Flügelschlag der Insekten scheint aus der Zukunft zu kommen. Das Rasseln von Messern, das Scheppern von Deckeln – es klingt nach keiner schönen Melodie.

Jemand zupft mich am Ärmel. Ich drehe mich um und sehe in die glasigen Augen eines Gesellen.

Er sagt: »Es sieht so aus, als hätten sich die führenden Notenbanken der Welt in einer konzentrierten Aktion darauf geeinigt, den Euroverfall kurzfristig zu stoppen.«

Ich atme tief ein und stoße einen leichten Seufzer aus. Der Souschef kommt auf uns zu. Seine Augen sehen traurig aus. Er schüttelt den Kopf und sagt: »Unübersehbar herrscht weltweit eine Krise, demokratische Werte werden beinahe überall mit Füßen getreten. Nationalistische, republikanische und faschistische Kräfte gewinnen immer mehr Macht und Einfluss.«

Panik macht sich in mir breit, nicht zuletzt deshalb, weil sich die Gründe der Krise nicht benennen lassen, da alles mit allem zusammenhängt und unser neoliberales System der Ursprung der Krise und die Krise selbst ist.

Ich bin überrascht, muss ich gestehen. Ich hätte nicht gedacht, in dieser Umgebung auf Worte des Bedauerns zu stoßen. Der Souschef wischt sich mit einer Serviette übers Gesicht. »Der Demokratieabbau hat die globale Ebene erreicht«, sagt er atemlos, während er mir den metallenen Kochlöffel in die Hand drückt. Er lässt sich auf einen kleinen Hocker sinken und hustet. Das klingt gar nicht gut. Es dauert ein paar Minuten, bis der Husten verklungen ist. Die Suppe köchelt langsam vor sich hin. Ein säuerlicher, unangenehmer Geruch steigt mir in die Nase. Ich halte mir die Nase zu. »Aufkommender Extremismus und Radikalismus, wohin man nur schaut«, keucht er. Inzwischen werfen uns andere Küchenhilfen besorgte Blicke zu. Nur der Maître de Cuisine neigt seinen Kopf und lächelt. »Diktaturen, Betrügereien, Alleinherrscher, was soll's.« Er zuckt mit den Schultern, lässt seinen Blick in die Ferne schweifen, als würde er träumen und sich an der Nostalgie, als alles noch anders und überschaubar war, erfreuen.

Mir wird es zu viel. Wenn im finanzpolitischen Bereich ständig von Krisen und deren Behebung gesprochen wird, handelt es sich um Verschleierungsmaßnahmen, die sich negativ auf den Gesundheits- und Sozialbereich auswirken. Wir sind uns alle einig und rufen von unserem Fernsehsessel aus: »So kann es nicht mehr weiter gehen!«

Der vornehmliche Reaktionsmodus auf Krisen lautet: Kritik. Doch Kritik allein wird niemals unsere Probleme lösen.

Ein leises »Lebt wohl!« entströmt meinen Lippen.

Ich verlasse den Raum und denke: Ein bisschen bin ich wie Marx: eigensinnig, feinfühlig, hart und romantisch, nur nicht so genial, dafür mit Widersprüchen beseelt. :-)

Krise, Kollaps und Katastrophe gehören zum Kapitalismus wie das Amen im Gebet.

Der Kapitalismus soll netter werden, hieß es vor Jahren, netter, um die Globalisierung zu reformieren, um sie zu retten.

Der Kommunikationstheoretiker Marshall McLuhan sprach schon in den 60er-Jahren vom *Global Village* und wies auf die Gefahren der weltweiten Vernetzung hin. Er warnte vor den Möglichkeiten des Missbrauchs, vor Totalitarismus und Terrorismus.

Neue Technologien und die Technik im Allgemeinen beherrschen mehr denn je den Diskurs über die Zukunft. Auf der einen Seite werden sie als unerlässlich für eine erfolgreiche Politik im globalen Wettbewerb propagiert, auf der anderen Seite als Grundlage einer möglichen Kontrolle und Manipulation kritisiert.

Heute werden Gentechnologie, Elektronik und Biotechnologie zur Veränderung eines natürlichen Zusammenspiels eingesetzt. Im Zusammenspiel mit der Kapitalakkumulation bedeutet dies am Beispiel Agrarwirtschaft nichts Gutes. Die Agrartechnologie hat weltweit Millionen von Bauern verdrängt, weitere Millionen in tiefste Abhängigkeit gestürzt. Den Starken, die Macht- und Organisationsmöglichkeiten unter sich aufteilen, wachsen täglich mehr Potenziale zu. Das liegt einerseits am Kapital, andererseits an Big Data. Die Macht wird ganz im Sinne des Neofeudalismus gesteigert. Das ist das Ergebnis einer multipolaren Weltordnung, die sich ungeordnet vor uns ausbreitet.

Wie es dem Menschen der Zukunft darin geht, darüber lässt sich nur spekulieren. Eine der wichtigsten Botschaften der Evolution ist die, dass es niemals Wachstum ohne Untergang geben kann. Zukünftig ist anzunehmen, dass sich alle Prozesse innerhalb der Globalisierung selbst noch beschleunigen werden, ganz im Zeichen der Evolution.

Eines dürfen wir dabei nicht vergessen: Die Globalisierung unseres Denkens hat Folgen auf unsere Wahrnehmung.

Wenn Trump uns eine neue Maßnahme seines *America first* verkündet, sind wir fünf Minuten später informiert. Wenn Rom von einem terroristischen Anschlag heimgesucht wird, können wir von einer breiten Palette zwischen Fake News, sogenannten Verschwörungstheorien oder neutraler Berichterstattung in den Social-Media-Kanälen, uns das aussuchen, was unserem Gemütszustand am ehesten entspricht. Wenn ein weltbekannter Popstar stirbt, sind eine halbe Milliarde Menschen innerhalb kürzester Zeit informiert. Gibt es einen Tsunami, wird er von Milliarden Augen im Internet verfolgt. Das Web hat sich zu einem Überwesen entwickelt. Es kann als eigenes Sinnesorgan verstanden werden, als neues, gemeinsames Sinnesorgan aller Menschen.

Mit dem globalen Sinnesorgan Web hat sich ein globales Bewusstsein herausgebildet, das weltweit Gefühle erzeugt. Dieses neue Sinnesorgan beeinflusst unsere Wirklichkeit und Wahrnehmung.

WIRKLICHKEIT UND WAHRNEHMUNG

Warum zum Teufel können wir die Wirklichkeit nicht erkennen? Das, was der Einzelne für wirklich hält, ist seine Wirklichkeit. Ihre Wirklichkeit, meine geschätzten Leser, ist nicht meine und die Wirklichkeit meines Nachbarn unterscheidet sich grundlegend von Ihrer und meiner. Aber das allein ist noch nicht das Problem. Das Drama beginnt, wenn wir die Interpretation der Wirklichkeit für wirklich halten. Und tatsächlich tun wir dies meistens. Oft sehen wir nur unsere Wirklichkeit, also ein Abbild der Wirklichkeit. Dies ist ein ganz entscheidender Punkt, wenn wir über Wirklichkeit und Wahrnehmung reflektieren. Wenn wir uns vorstellen, wie viele Abbilder es von der Wirklichkeit weltweit gibt, kommen wir auf Mengen jenseits unseres Vorstellungsvermögens.

Nun leben wir in einer Vielzahl von Wirklichkeiten. Aufgrund der subjektiven, individuellen und beschränkten Wahrnehmung ist Wirklichkeit immer relativ. Unsere Wahrnehmung hat immer mit dem zu tun, was wir denken, was wir uns vorstellen, was wir uns wünschen. Je nach Einstellung und Gemütszustand werden Dinge mehr oder weniger bewusst aufgenommen, kombiniert und interpretiert. Dadurch entsteht eine Vorstellung. Während wir verschiedene Schubladen unseres Archivs öffnen, entsteht ein Bild mit eigenen und neuen Inhalten. So ist Wahrnehmung stets ein Produkt unserer eigenen Fantasie.

Was uns heute der Großteil der Wissenschaftler, Physiker und Philosophen in Bezug auf die Wirklichkeit sagt, ist eine Erkenntnis, die bereits Platon verkündete:

Die endgültige Beschaffenheit der Wirklichkeit ist nicht das, was sie zu sein scheint.

Max Tegmark, Professor für Physik und Kosmologie, hat sich in seinem Buch *Unser Mathematisches Universum,* mit vielen Fragen über die Beschaffenheit der Wirklichkeit beschäftigt. Er findet die unterschiedlichsten Antworten, wenn auch letztendlich keine davon Gültigkeit besitzt.[6]

Die moderne Physik kam zur Erkenntnis, dass wir keine unbeteiligten Beobachter sind, sondern uns inmitten der Wirklichkeit befinden und in sie eingreifen.

Einige Wissenschaftler, Forscher und Mystiker sind überzeugt, dass wir mit unserem Bewusstsein ins Geschehen eingreifen, ein anderer Teil verneint diese Möglichkeit vehement.

Nichts weist darauf hin, dass sich unsere letzte materielle Wirklichkeit, was immer sie sein mag, prinzipiell um uns Menschen dreht und nicht ohne uns existieren könnte.

Allein aus dieser kurzen Betrachtung sehen wir, dass der Realitätsbegriff zum allgemeinen Realitätsproblem geworden ist. Auch wenn wir alle Bücher gelesen hätten, würden wir keine zufriedenstellende Antwort finden, oder gar Gewissheit erfahren. Ob wir uns auf Antworten der Philosophie oder Physik berufen, wir werden uns immer am gleichen Punkt des »Nichtwissens« befinden. Je nach Verwendungsweise hat der Realitätsbegriff unterschiedliche Inhalte. So kommen wir zu dem Schluss, dass niemand die Wirklichkeit wirklich kennt. Was wir aber mit Sicherheit wissen: Die IT-Revolution erschafft neue Lebenswirklichkeiten. Darauf werde ich in den nächsten Kapiteln eingehen.

WO STEHT DER MENSCH?

Seit Platon und Descartes haben die Menschen Philosophie, Naturwissenschaft und Neugier vereint, um alle möglichen Winkel unseres Seins auszuleuchten.

Die Frage nach unserem Leben, dem Universum und unserer Aufgabe hier begleitet uns seit Menschengedenken. Woher kommen wir? Wo befinden wir uns? Und was soll das Ganze? Meist werden diese Fragen von Kindern gestellt. Sie sind jedoch keineswegs naiv, denn hätten wir eine Antwort darauf, hätten wir die ganze Philosophie nicht gebraucht.

Wer kennt es nicht? Descartes: *Cogito ergo sum.* (Ich denke, also bin ich.)

Descartes trennt das denkende Ich vom rein körperlichen Dasein. Somit ist das denkende Ich von allen materiellen Dingen, die im Körper auftreten, getrennt. Diese These fand nicht nur in der Erkenntnistheorie, sondern auch in der Metaphysik ihre Anhänger. Der Dualismus hat den Humanismus geprägt und uns bis heute begleitet. Viele große Denker haben dieses Menschenbild verinnerlicht:

Das platonische Menschenbild (427–347 v. Chr.) zeichnet den Menschen als individuelles, unsterbliches Geistwesen, das zufällig in einen tierischen Körper eingeschlossen wird.[7]

In dem Buch Halbzeit der Evolution von Ken Wilber (2004) finden wir ein passendes Zitat zur Standortbestimmung in unserer Entwicklungsgeschichte. Er sagt: »[...] auch wenn der Mensch sich bereits auf dem Weg vom Tier zu den Göttern befindet, verbleibt er in der Zwischenzeit in einem recht tragischen Zustand. In der Schwebe zwischen beiden Extremen ist er den stärksten Konflikten ausgesetzt. Nicht mehr Tier, aber auch noch nicht Gott – oder schlimmer, halb Tier, halb

Gott: So steht es um die Seele des Menschen: Der Mensch ist in einem tiefsten Sinne eine tragische Erscheinung mit einer versprechenden Zukunft, wenn er es schafft, den Übergang zu erleben.«[8]

Wenn Ken Wilber vom Übergang spricht, meint er den Übergang der Menschheit zu einem höheren Bewusstsein. Er sieht die spirituelle Entwicklung des Menschen in die transpersonale Dimension münden, was nichts anderes bedeutet, als sich im Kollektiv von Resten narzisstischer Egozentrik zu befreien. Offen bleibt dabei der Weg, wie wir das schaffen können.

René Descartes überlegte, wie viel Macht der Geist über den Körper hat, und setzte damit einen Meilenstein in der Geschichte der Philosophie. Vom Dualismus ausgehend versuchte sich Descartes an einem Beweis für die Existenz Gottes und die Unsterblichkeit der Seele. Dafür schrieb er seine 1641 erschienenen *Méditations sur la philosophie première*.

Er stellte sich darin unter anderem die fesselnde Frage: »Könnte nicht alles in der Welt, das eigene Bewusstsein mit eingeschlossen, bloß ein Traum sein?«

Descartes stellte fest, dass uns die Sinne täuschen können und wir nur all zu leicht Trugbildern unterliegen. Er spricht von einem betrügenden Gott (*deus deceptor*) und bringt den Dämon (*genius malignus*) ins Spiel, der Realität manipuliert und falsche Wirklichkeit illusioniert. Der Mensch ist ohne Gewissheit. Was bleibt, sind Zweifel und Paranoia.

Descartes fragt , was wäre, wenn es einen Dämon gäbe, der uns täuscht, wenn wir zum Beispiel etwas sehen oder spüren, was wir für real halten, der Dämon jedoch nur eine Illusion hervorruft. Möglicherweise hat dieser Dämon einen Fehler vorprogrammiert, sodass wir zu falschen Ergebnissen kommen. Der böse Dämon (genius malignus) manipuliert Realität und spielt uns eine falsche Wirklichkeit vor, welche uns von der eigentlichen Realität mehr und mehr entfernt.[9]

Die Vorstellung, dass unsere Wahrnehmung von einer fremden Macht manipuliert wird, die eine künstliche Welt suggeriert, findet sich sowohl in den Neurowissenschaften als auch in der Erkenntnisphilosophie und in der Science-Fiction-Literatur. Die Vorstellung eines Gehirns im Tank (*brain in a vat*) diskutierte erkenntnistheoretisch Hilary Putnam, indem er Descartes' Dämon eine neurowissenschaftliche Perspektive gab und den bösen Geist durch einen *mad scientist* (böser Wissenschaftler) ersetzte.

Putnams These: Wir können nicht ausschließen, dass wir stets träumen, dauernd von einem bösen Dämon getäuscht werden oder seit jeher ein Gehirn im Tank sind.[10]

Die Verbindung des Gehirns mit anderen Wirklichkeiten, Maschinen, Netzwerken oder Dämonen war Stoff der physiologischen Diskurse des 19. Jahrhunderts und erfuhr im 20. Jahrhundert in Cyberspace-Szenarien ein Revival. Wir kennen das Thema aus Filmen, in denen Menschen in gedoubelten Realitäten leben (Zum Beispiel *Matrix*, Originaltitel: *The Matrix,* Science-Fiction-Film aus dem Jahr 1999. In diesem Film übernehmen die mit künstlicher Intelligenz ausgestatteten Maschinen die Weltherrschaft und versklaven die Menschheit. Den Menschen wird eine vom Computer generierte Scheinwelt vorgespielt. Regie führten die Wachowski-Brüder, die auch das Drehbuch schrieben. Keanu Reeves und Carrie-Anne Moss spielten die Hauptrollen.Es folgten *Matrix Reloaded* und *Matrix Revolutions.*).

Der Frage nach dem Menschenbild im 21. Jahrhundert widmen sich Philosophen und Wissenschaftler verschiedenster Richtungen. Angesichts der Erschütterung des humanistischen Weltbildes durch Naturwissenschaft und Technik geht es um eine neue Rolle und Deutungsmacht der Philosophie. Der Mensch wird nun oft als ein relationales, nicht-dualistisches, immanentes, naturalistisches, rein diesseitiges Wesen angesehen, das sich nur graduell von anderen Lebewesen unterscheidet, ganz im Sinne der Darwin'schen Evolutionstheorie.

SPEKULATION

Wenn wir heute auf die Welt schauen, können wir nur spekulieren:
Wie wird es weitergehen?
Kippt das Klima innerhalb der nächsten 100 Jahre?
Kommt es zu einem Atomkrieg?
Wird sich das menschliche Bewusstsein ändern?
Kann uns die Informationstechnologie retten?

Angesichts der gegenwärtigen und zukünftigen Katastrophen können wir uns die Welt nicht schönreden. Was wir brauchen ist ein neuer Blick. Ich nenne ihn: *Katastrophenblick.*
Es wird vermehrt Katastrophen geben. Davon müssen wir ausgehen. Angesichts des Klimawandels, zunehmender kultureller Homogenisierung, wachsender globaler Ungleichheit, Vergrößerung von Waffenlagern und Ausbreitung von Krieg und Terror. Wir wissen nicht, wohin wir steuern in Zeiten von Krisen und Orientierungslosigkeit. Am Beispiel der Flüchtlings- und Migrationspolitik können wir erkennen, dass dem ein Geschichtsdeterminismus zugrunde liegt, der von einem

unaufhaltsamen Epochenwechsel ausgeht und diesen beschleunigt (Um- und Neuansiedlungsplan der EU).[11]

Wir leben in einer *Speed Society* und bauen darauf, dass allein Beschleunigung uns retten kann. Nehmen wir das Beispiel Arbeitswelt: So schnell wir uns auch im Hamsterrad bewegen mögen, spüren wir immer mehr Zeitdruck bei weniger Geld. Katastrophe!

Zeit ist Geld – so lautet – die Grundformel des Kapitalismus. Heute reicht ein Einkommen pro Familie nicht mehr aus. Deshalb hat der Kapitalismus uns dazu gebracht, unsere Kinder möglichst schnell nach der Geburt in Krippen zu geben. Wir freuen uns auch noch darüber, denn irgendwann wurde uns gesagt, es sei ein sinnstiftendes Element, möglichst schnell wieder am Arbeitsplatz zu erscheinen. Nebenbei hat sich der Konkurrenzdruck erhöht und noch mehr Wettbewerb bedeutet weniger Zeit. So hat sich eine erschöpfte Gesellschaft gebildet, die von der Diktatur des Kapitals beherrscht wird.

Alles ist der Geschwindigkeit unseres Lebens untergeordnet: Arbeiten, Essen, Trinken, Reden, Lieben, Lesen, Reisen und Sport. Viele Unfälle passieren durch übereilte Handlungen, unüberlegte Entscheidungen oder Fehlentscheidungen. Die Resultate sind Stress, Überforderung und Mehrkosten.

Oft denken wir, dass wir den schnellsten Weg zu einem Ziel nehmen müssen, und übersehen dabei den Faktor Zeit, der das Produkt erst reifen lässt. Häufig müssen wir auf Umwegen und Irrwegen zum Ziel kommen. Es sind gerade Irrwege, die Kulturleistungen hervorbringen und die Freiräume für wirkliche Kreativität schaffen.

Nun stecken wir fest und wissen gleichzeitig, dass Arbeitsstress in einen unheilvollen Zustand münden kann, der sich auf Neudeutsch *Burn-out* nennt. Der Zustand, den das Wort beschreibt, kommt einem inneren Verbranntsein gleich. Rien ne va plus! Nichts mehr geht! Stress, Hektik, innere Anspannung und das Gefühl eines unerträglichen Drucks, der jeden Moment zur Explosion führen kann. Übertragen wir dies auf die Gesellschaft, kommen wir zu dem Schluss, dass eine ermüdete Gesellschaft niemals eine Revolution anzetteln kann.

Was bleibt ist ein Zurückfallen mit Blick auf die Vergangenheit: eine Nostalgie, die die Trennung mit einer unerträglich gewordenen Gegenwart anzeigt.
Könnte es nicht sein, dass wir im Kollektiv in einem nostalgischen Widerstand verharren?
Bezeichnend für den nostalgischen Widerstand ist eine allgemeine Lähmung. Lähmung und Verzweiflung sind heute die dominante Gefühlslage bei vielen Menschen. Das *erschöpfte Selbst* zieht sich immer öfter in die Depression zurück. Viele Menschen scheitern. Trotz aller Maßnahmen schaffen sie es nicht, ein einigermaßen geglücktes Leben zu führen. Nun sind wir bei einem Punkt angelangt, an dem sich die Geschichte mit einer anderen kreuzt: Vermeintlich persönliches Scheitern führt zur Selbstanklage. Der Geschädigte übersieht dabei oft, dass das Übel woanders liegt, nämlich in dem Konstrukt unserer Gesellschaft. Darin besteht der Trugschluss, denn es ist die besondere Intelligenz des neoliberalen Systems, Ausbeutung als persönliches Versagen zu deklarieren. Wenn drei schlecht bezahlte Jobs nicht mehr ausreichen, um über die Runden zu kommen, stimmt die gesamte Ordnung nicht mehr. Wenn Rentner nicht mehr wissen, wovon sie ihre Miete bezahlen sollen, hat der Staat und mit ihm die Gesellschaft versagt.

Die Frage lautet: Wie könnten wir angesichts des Desasters ein neues progressives Denken und Handeln entwickeln? Wie können Zukunft, Gegenwart, Vergangenheit anders gedacht, in ein anderes effektives Verhältnis zueinander gesetzt werden? Könnte Entschleunigung die richtige Antwort sein?

Können wir der Klimakatastrophe entgehen, indem wir aufs Land ziehen und Gemüse pflanzen?

Auch wenn es Plädoyers für eine neue Humanökologie gibt, die sich ganz wunderbar und vielversprechend anhören, glaube ich, dass wir nicht in ein altes Modell zurückkehren können, wenn schon, dann nur in Verbindung mit dem neuen. Der einzige Weg besteht im Voranschreiten und im Entwerfen einer neuen Zukunft.

Müssen wir uns für die angestrebte Veränderung selbst optimieren und möglicherweise auch unser Hirn dopen?

FEHLER IM PROGRAMM

Der Mensch kann als überholungsbedürftiges Wesen bezeichnet werden. Die Indizien aus der Geschichte weisen darauf hin, dass ein Defekt, möglicherweise ein Programmierfehler im vorgegebenen Schaltplan, eingebaut ist. Der Mensch ist kein ausgereiftes Modell: Krankheit, emotionale Instabilität und ein hohes Maß an Aggression zeichnen ihn aus. Niemand kann leugnen, in welch verheerendem Zustand unser schöner Planet heute ist. Kriege, Genozide, Schwester- und Brudermord, Tierquälerei und Währungskriege beweisen, wie wenig Respekt, Liebe und Achtung unter den Menschen verbreitet ist.

795 Millionen Menschen weltweit hungern, alle zehn Sekunden stirbt ein Kind an den Folgen von Unterernährung. Wäh-

rend Sie das lesen, hat sich die Statistik bereits erhöht und wir fragen uns zurecht: Was um Himmels Willen ist mit unserer Spezies schief gelaufen?[12]

Beinahe grenzt es an ein Wunder, dass dieses Wesen Dichtung, Literatur, Kunst und Philosophie hervorgebracht hat und in der technischen Entwicklung extrem schnell unterwegs ist. Da bleibt die Frage offen, warum es bis heute nicht gelungen ist, nachhaltige soziale Strukturen zu entwickeln.

Arthur Koestler geht der Frage nach, ob der Mensch mit drei schlecht koordinierten Gehirnen ausgestattet worden sei, nämlich mit einem Reptilien-, einem Säugetier- und einem menschlichen Gehirn. Während sich die vorsintflutlichen Strukturen im Zentrum unseres Gehirns, die Leidenschaften und biologische Triebe steuern, kaum veränderten, vergrößerte sich der Neocortex der Hominiden in den letzten 500.000 Jahren mit einer geradezu explosionsartigen Geschwindigkeit. So sei das rasante Gehirnwachstum verantwortlich für eine geistig unausgeglichene Spezies, bei der sich altes Gehirn und neues Gehirn, Gefühl und Intellekt, Glaube und Vernunft im Widerspruch befinden.

Spitz ausgedrückt: Die Evolution hat ein paar Schrauben zwischen dem Neocortex und dem Hypothalamus locker gelassen.[13]

Bekannte Anthropologen, besonders Arnold Gehlen (1951) und Adolf Portmann (1944), haben ausgehend von biologischen Befunden versucht, das Wesen des Menschen prägnant zu formulieren. Gehlen spricht vom Menschen als *biologisches Mängelwesen*.

Gehlens philosophische Anthropologie bezieht sich darauf, dass der Mensch seiner natürlichen Umwelt ziemlich schutzlos ausgeliefert ist. Um zu überleben, benutzt der Mensch also seinen Verstand bzw. seine Fähigkeit zu denken. Ihm fehlen ausgeprägte Instinkte, die sein Verhalten automatisch steuern, um das Überleben zu sichern. Der Mensch muss also die Natur an sich anpassen, um leben zu können. Dadurch erschafft er sich seine eigene, künstliche Natur, welche ihn schützt. Natur und Kultur sollten sich nach Meinung von Gehlen gegenseitig entlasten. Um seine These des Mängelwesens zu unterstreichen, behauptet Gehlen, dass der Mensch ein noch lernendes Wesen und von seiner Umgebung beeinflussbar sei. Er kommt zu dem Schluss, dass der Mensch ein unspezialisiertes Mängelwesen sei und sich nur durch Erziehung entwickeln kann.[14]

Portmann sieht den Menschen als eine *physiologische Frühgeburt, einen sekundären Nesthocker ...*

... denn er weist bei seiner Geburt im Verhältnis mit vergleichbaren Tieren einen erheblichen Entwicklungsrückstand (Retardation) auf.

Der Mensch kommt nackt und hilflos auf die Welt. Im Unterschied zu den Tieren dauert die Phase des absoluten Bedarfs nach Fürsorge extrem lange. Alles, was das Kind zum Überleben braucht, entwickelt sich innerhalb von Jahren durch Lernen und Reifung. Grundspezifische Eigenschaften und Verhaltensweisen, die den Menschen bestimmen, wie aufrechter Gang, Sprache, einsichtiges Denken und vernunftgeprägtes Handeln sind zwar angelegt, entwickeln sich jedoch erst nach einem längeren Zeitraum.[15]

Claude Lévi-Strauss, der große Ethnologe, machte in den 1950er-Jahren mit einer provokanten These von sich reden:

»Die Welt hat ohne den Menschen begonnen und sie wird ohne ihn enden.«

Zwar könne es an der Existenz des Ich keinen Zweifel geben, aber das Ich sei kein Individuum, es sei eigentlich der immer wieder in Frage gestellte Einsatz im Kampf zwischen einer Gesellschaft, welche aus Milliarden von Nerven unter dem Termitenhügel des Schädels besteht, und einem Körper, der ihm als Roboter dient.[16]

Also befindet sich der Mensch in einer prekären Situation: Er weiß immer noch nicht, woher er kommt und wie er sich im Universum einzuordnen hat.

AUFBRUCH

DIGITALE WELT

Das Internet hat weltweit die Gesellschaft geprägt, verändert und eine kulturelle Revolution bewirkt. Jedem Nutzer bietet das *World Wide Web* ein beinah grenzenlos verfügbares Angebot und ermöglicht ihm, in einen interaktiven Austausch mit anderen zu treten. Ein Leben *ohne* können wir uns nicht mehr vorstellen: E-Mails, Instant-Messenger und soziale Netzwerke sind beliebte Wege der Kontaktaufnahme und Kommunikation.

Online-Informationsangebote helfen bei ganz alltäglichen Entscheidungen. Nur ein Klick mit der Maus und der Schreibtisch wird zu einem Dreh- und Angelpunkt. Die größte Bibliothek der Welt steht uns jederzeit zur Verfügung, wir können uns allen möglichen Widerstandsgruppen, sozialen Bewegungen oder Online-Beteiligungsverfahren anschließen und unsere Einkäufe tätigen. Selbst unsere Kinder tummeln sich ganz selbstverständlich im digitalen Kosmos. Der *Online-Status* ist zur Gewohnheit geworden. Die Trennung zwischen *online* und *offline* schwindet, wenn wir zunehmend mit smarten Objekten der Elektronikindustrie interagieren. Daraus ergibt sich, dass wir in einer *Infosphäre* leben.

Mit ihr Erneuerungen wie Straßenlaternen, die die Verkehrslage scannen, Autos, die ohne Zutun des Fahrers ihr Ziel erreichen, und Apps in einer Vielfalt, die ein Einzelner gar nicht mehr benutzen kann. Unübersehbar, wie sich der technologische Fortschritt immer schneller entwickelt, sodass selbst eingefleischten Fachleuten schwindelig wird. Man spricht von einer exponentiellen Entwicklung.

Was bedeutet das für uns?

Eine exponentielle Entwicklung bedeutet nichts anderes, als dass ab einem bestimmten Punkt der Fortschritt wahrhaftig explodiert.

Die Nachrichtenschwämme, die mit der dynamischen Umformung unserer Welt durch die Digitalisierung zu uns kommt, überfordert schon jetzt unsere Wahrnehmung. Werbung, Krieg, Wissenschaft, Sex, Kunst, der neueste Film, dies alles und noch mehr macht sich im Sekundentakt auf den Weg. Eine psychologische Tatsache ist, dass sich all die Informationen, die ständig auf uns einströmen, in Ritzen unseres Bewusstseins festsetzen, wodurch wir uns immer mehr von unserem Selbst entfernen. Besorgte Stimmen warnen vor einem möglichen Gedankeninfarkt, hervorgerufen durch zu viel Information. Gott sei Dank, kann jeder noch selbst entscheiden, inwieweit er sich auf das Spiel einlassen möchte.

Ernst Pöppel, Professor für Psychologie, sagt in einem Interview vom 18.10.2016 der *FAZ*, dass wir durch die Fülle der Information extrem überfordert sind. Der Mensch kann sich immer nur auf eine Sache konzentrieren. Multitasking ist streng genommen großer Unfug und es ist unmöglich, in einem Zeitfenster von einigen Minuten mehrere Dinge schnell hintereinander zu erledigen. Wenn ich das aber einen Tag lang mache, habe ich mich von der Information instrumentalisieren lassen und weiß gar nicht mehr wirklich, was ich gemacht habe.

Das Netz ist wie ein großes Fischernetz, in dem man sich nur allzu leicht verfängt und aus dem man nur schwer herauskommt. Täglich werden wir mit neuen Realitäten konfrontiert, deren Komplexität uns überfordert. Die Vermischung von Privatem und Öffentlichem, von Information und Unterhaltung, von Identität und Anonymität, von Fehlinformation und Dilettantismus zeugt davon, wie strukturlos das digitale Netz gesponnen ist. Es ist ein komplexes System mit unterschiedlichen Räumen: ein sozialer Wirtschafts- und Kommunikationsraum von höchster Raffinesse zwar, aber nur so gut wie die Menschen, die ihn nutzen. Wie in jedem Teil unseres Lebens sollte auch hier Verantwortung an erster Stelle stehen. Verantwortung bezieht sich nicht allein auf die Handlung, sondern auf die Handlungsfolgen. Doch das hat sich als schwieriges Unterfangen erwiesen. Beginnen wir beim Cybermobbing, was sich zu einem Gesellschaftsspiel entwickelt hat.

Eine fehlende Außenkontrolle enthemmt und macht unter anderem Cybermobbing möglich. Die Masse formiert sich nur allzu gern in Shitstorms. Ein- und Ausgrenzung ist ein bekanntes Kapitel in der Geschichte der Menschheit.

Heute sagen wir *Shaming* dazu: Schäm dich.

Ein rassistischer Witz, ein dummer Tweet – wer damit spielt, kann den Zorn der Massen auf sich ziehen und wird hart bestraft. Das Ursache-Wirkungs-Prinzip steht dann häufig im falschen Verhältnis zueinander. *Public Shaming* nennt es der britische Autor Jon Ronson und hat diesem Thema ein ganzes Buch gewidmet: *So You've Been Publicly Shamed*. Das Phänomen ist eine Art virtuelle Hexenjagd, ein öffentliches Auspeitschen, das im schlimmsten Fall zu Selbstmord führen kann, wie die Geschichte des Ariel Ronis, eines Beamten des israelischen Migrationsdienstes zeigt.[17]

Das Beschädigen von Personen durch Shaming ist eine Seite. Die andere zeigt ein spontanes Kollektiv, das sich bildet und ungebremst und ungehemmt Nachrichten verbreitet. Dies weist doch darauf hin, dass wir uns in einer Gesellschaft ohne Respekt für den Mitmenschen befinden. Ein respektvoller Umgang im Miteinander setzt eine gewisse Distanz voraus. Heute haben wir es mit einem Angebot des Sichdarbietens zu tun. Wir leben in einer Gesellschaft, die Skandale nährt und sich damit füttert. Intimität wird öffentlich zur Schau getragen, Menschen diffamiert, sobald sie in der Öffentlichkeit stehen und Angriffsfläche bieten.

So ist das Netz mit einer strategischen Macht vergleichbar, die durch den Nutzer erst Macht erlangt. Aktuelle Studien legen nahe: Das Netz fördert gesellschaftliche Extreme, es ist zu einem Sammelbecken politischen Extremismus geworden. Hassparolen, die sich in einem schrecklichen Tonfall im Netz ergießen, nehmen einen großen Raum im Internet ein und haben sich zu einem gesamtgesellschaftlichen Problem entwickelt.[18]

Wenn wir uns vorstellen, dass wir in unserer Konsenswirklichkeit mit anderen Menschen durch gemeinsame Glaubenssätze und Lebenshaltungen vereint sind, erahnen wir vielleicht das große Potential, das sich hinter diesem Konzept verbirgt. Die Konsenswirklichkeit hat die Möglichkeit, Bewusstsein einzuschränken.

Nehmen wir ein Beispiel: Ein Knochenfund eines Tieres aus der Sahara zeigt eine 295 cm lange Echse. Die Forscher sind sich einig, in der Frühphase der Erkenntnisse möglichst wenig darüber zu berichten. Doch irgendwie tauchen Fotos im Internet auf. Wenn dann einer behauptet, es sei eine Fälschung, glauben es alle. So wird die Meldung verschwinden. Dies hat mit längst überholten Glaubenssätzen zu tun. In diesem Fall heißt der Glaubenssatz: Es gibt keine Echsen in dieser Größe auf der Welt.

Die Konsenswirklichkeit ist dazu da, um Bewusstseinswachstum zu vermeiden.

Der in Oxford lehrende Philosoph Luciano Floridi, Autor und Vorsitzender einer Forschungsgruppe zur Auswirkung der Informationstechnologie, ist überzeugt, dass wir Zeuge eines historisch einmaligen Massenexodus sind. Die Auswirkungen, die dieser Massenexodus mit sich bringen soll, verlangten nach einem neuen Menschenbild. Floridi sagt, dass wir gerade die *vierte Revolution in unserem Selbstverständnis* durchleben. Sie folge der Revolution der Physik (Kopernikus), der Biologie (Darwin) und der Psychologie (Freud), sei die größte und würde wie ihre Vorgänger unser Leben komplett umkrempeln. Floridi verweist auf einen Weg zu einem neuen ethischen und ökologischen Denken, um die Herausforderungen der digitalen Revolution und Informationsgesellschaft zu meistern.[19]

Social Bots und Algorithmen kommen immer häufiger zum Einsatz. Social Bots sind Computerprogramme, die in sozialen Netzwerken wie richtige Nutzer agieren. Im *Online-Marketing-Lexikon* werden Social Bots wie folgt erklärt:

Social Bots oder Social Networking Bots (von eng. Robot) sind Programme, die in sozialen Netzwerken menschliche Verhaltensmuster simulieren und als (falscher) Account auftauchen. Dabei beruhen sie auf bestimmten Algorithmen. Social Bots werden entwickelt, um eine menschliche Präsenz im Web vorzutäuschen und somit andere User zu blenden. Meist sind die Bots für einen bestimmten Zweck bestimmt, sei es PR-Arbeit, Marketing oder zunehmend auch politische Propaganda.
Um reale Personen von ihrer vermeintlich ebenso realen Existenz als Mensch zu überzeugen, nutzen Social Bots künstliche Intelligenz und umfassende Datenanalyse (die sich auch auf Textkörper bezieht). Mitunter können sie auf aktuelle Geschehen und Allgemeinwissen referieren.
Weiterhin werden Nachrichten der Social Bots zu typischen Tageszeiten menschlicher Interaktionen und zum großen Teil in zufälligen zeitlichen Zyklen versendet, um ihren automatisierten Charakter zu verbergen.[20]

Mit Hilfe von Big-Data-Algorithmen lässt sich das geeignete Publikum ausfindig machen. Eine effiziente Wahlwerbung, billiger als die klassische, wird uns in Zukunft begleiten. Nahezu alle politischen Akteure, Organisationen und Vereinigungen sind mit ihren Angeboten vertreten. Ob Petitionen, Bürgerdialoge oder Liquid Democracy: Alle versuchen das Internet für ihre Zwecke zu nutzen. Fast alle bedienen sich des neuen Zauberkastens.

Dank der Algorithmen lässt sich unser Verhalten berechnen.

Algorithmen sind aufmerksame Schüler. Sie können fast alles: Sie wissen, wie sich Menschen verhalten werden. Algorithmen sind uns tatsächlich sehr nahe gekommen, sie ändern unser Verhalten und geben uns Ratschläge. Sie können die ganze Weltwirtschaft beeinflussen, indem sie beim Finanzhandel mitmischen. Sie finden den passenden Ehepartner und entscheiden über unsere Kreditwürdigkeit. Oft kommen sie als konsumentenfreundliche Berater zu uns und wissen bereits früher als wir, was wir demnächst bestellen werden.

Wann immer wir etwas bei Google suchen, wird die Auswahl der Nachrichten und Posts (Facebook, Twitter) prinzipiell personalisiert, um Entscheidungen und Aktivitäten des Nutzers zu beeinflussen. Algorithmen berechnen also unser Konsumverhalten und legen uns vor, was wir kaufen sollten, oder finden auch, wie wir gehört haben, bei politischen Wahlen ihre Anwendung. Andere Einsatzgebiete sind im Navi, um den kürzesten Weg anzuzeigen. Sie schlagen uns als Computergegner im Schach oder kontrollieren unseren Satzbau in Word etc.

Es wird darüber diskutiert, ob eine Algorithmus-Ethik eingeführt oder durch Gesetze geregelt werden soll.

Das Zukunftsinstitut Deutschland/Österreich, schreibt in einem Artikel vom April 2017:

Werden die Algorithmen etwa zur Beeinflussung der öffentlichen Meinung manipulierbar, steuern wir auf eine Zeit der Post-Demokratie zu. Zwar kann jeder Einzelne mehr denn je auf Information zugreifen, doch die algorithmisch eingedampfte Heterogenität der Sachverhalte wird fremdbestimmt stark reduziert. Der berühmte Satz »Wissen ist Macht« würde dann umgedreht zu »Macht ist Wissen«.

Jaron Lanier zählt zu den profiliertesten Intellektuellen, wenn es um kritische Betrachtungen des Internets geht. Wer wüsste besser Bescheid als einer, der selbst jahrelang Teil von Silicon Valley und einer der begehrtesten Informatiker weltweit war. Mit seinem Wissen lehrt er uns die Mechanismen der Herrschaft zu verstehen. Lanier spricht von halluzinatorischer Freiheit und wies schon früh auf den Missbrauch und die Überwachungsmöglichkeiten des Internets hin. In seinem Buch *Gadget,* das 2010 unter dem Originaltitel *You are not a Gadget* erschien, kritisierte er den kybernetischen Totalitarismus. Er warnt vor den Gefahren des permanenten Online-Seins, vor dem Verlust an Subjektivität und sieht die eigene Intelligenz und das Urteil des Einzelnen von Computeralgorithmen bedroht.

Laniers erklärtes Ziel ist ein neuer digitaler Humanismus. Für seine Aufklärungsarbeit im Kampf für digitalen Humanismus erhielt er den Friedenspreis des Deutschen Buchhandels 2014.[21]

Durch die sogenannte Filterblase (*Filter Bubble*), eine Wortschöpfung des amerikanischen Autors Eli Pariser, bekommen die Nutzer lediglich das vorgespielt, was in ihr Weltbild passt. Mit Filter ist die personalisierte Suche gemeint, die Ergebnisse passend zu dem liefern soll, was die Suchmaschine über den jeweiligen Nutzer weiß. Sein Buch *Filter Bubble* macht auf die langsame Umformung vom selbstbestimmten Ich zum fremdgesteuerten Werbemedium aufmerksam. Eli Pariser ist damit einer der stärksten Kritiker des Internets.[22]

Der Begriff *Bestätigungsverzerrung* kommt aus der Psychologie und Gedächtnisforschung und besagt nichts anderes, als dass Wissenslücken bevorzugt mit bereits manifestierten Überzeugungen gefüllt werden. Jürgen Habermas, deutscher Gesellschaftstheoretiker, hat diese Entwicklung vorausgesehen. In einem 2008 erschienenen Essay schrieb Habermas: »Das Publikum zerfällt im virtuellen Raum in eine riesige Anzahl von zersplitterten, durch Spezialinteressen zusammengehaltenen Zufallsgruppen. Auf diese Weise scheinen die bestehenden nationalen Öffentlichkeiten eher unterminiert zu werden.«[23]

Alle unsere virtuellen Reisen, Aktivitäten und Beziehungen werden aufgezeichnet und alles, was wir im Internet abspeichern, hinterlässt für immer unsere Spuren, unseren virtuellen Print.

Die sozialmediale Öffentlichkeit hat einen großen gesellschaftlichen Einfluss erhalten, sodass sie prägende Kräfte entwickelt hat. Hinter den verschiedenen politischen Gruppen stehen hochemotionale Erzählungen. Müssen wir uns nicht endlich wehren, wenn monströse Aussagen mit einer Menge Likes versehen werden und die Nutzer weiter in Richtung Monstrosität treiben? Hier sieht man den Verstärkungseffekt durch das Angehörigkeitsmuster zu einer Gruppe. Schon mit einem Like, mit einem Codewort, mit einem angedeuteten Zwinkern ist in Sachen Zugehörigkeit alles gesagt. Bereits dann ist man akzeptiert.

Wir verändern uns zwangsläufig, wenn wir Medien nutzen und passen uns immer mehr den technischen Möglichkeiten an.

Facebook soll dem Guten in der Welt dienen, lautete die Parole von Firmenchef Mark Zuckerberg beim Börsengang. Tatsächlich hat das Riesennetzwerk mit seinen Funktionen Einfluss auf Regierungen, Unternehmen und Menschen. Facebook sammelt unsere Daten, ist von Gefühlen getrieben, von Bildern bestückt. Soziale Medien sind Gefühls- und Stimmungsmacher, enorm wirksam in ihrer Kraft.

Ihr Hauptzweck ist Emotion.

Wir brauchen nur an die vielen Emotionzeichen zu denken. Information kommt erst lange danach. Zuvor zählen Gefühle wie Begeisterung, Empörung, Mitleid, Trauer, Wut, Ekel, Liebe und Hass.

Wir leben im Zeitalter der digital vermittelten, gefühlten Wirklichkeit. Postfaktisch gesehen, kommt uns das sehr entgegen. Während wir bisher damit beschäftigt waren, die Wahrheit heraus zu finden, können wir uns sozialmedial auf unser Gefühl verlassen. Das erleichtert unsere Arbeit und reduziert den Stressfaktor enorm. Unser rationales Denken rückt in den Hintergrund und unsere Gesellschaft kann sich neu formieren.

Damit sind wir zu einer Gesellschaft emotionaler und getriebener Wesen mutiert.

Juhuuuu...: »Gefällt mir« fördert die Kommunikation! :-) <3 :-)

... in manchen Fällen nicht ganz ohne Nachspiel, wie uns die nächste kurze Abhandlung zeigt:

Lippenstiftfleck am Hemdkragen, kleine Reisen oder häufige Geschäftsessen sind Schnee von gestern. Heute boomt eine andere Art von Eifersucht: *Die digitale Eifersucht.*

Soziale Netzwerke gefährden ganz reale Beziehungen. Eine Studie entlarvt Facebook als Beziehungskiller Nummer eins. Laut einer neuen Studie ist Facebook ein schrecklicher Nährboden für Eifersuchtsszenen, heißt es. Das Kommentieren von Posts, das Liken von sexy Bildern, Unbekannte auf der Freundesliste, das Chatten mit Ex-Partnern und anderen Personen – immer mehr Beziehungen scheitern an solchen Handlungen, heißt es in dem Bericht.

Der Berner Paartherapeut Klaus Heer sagt: »Natürlich ist es beunruhigend mitzubekommen, dass der Partner sich ständig auf Facebook herumtreibt. Das erweckt nämlich den quälenden Eindruck, der andere sei insgeheim noch auf der Suche nach dem Traumpartner. Das kann die Liebessicherheit bedrohlich untergraben. Auch der Kontakt mit Ex-Partnern ist auf Facebook für Verliebte ein rotes Tuch.«[24]

Kanadische Psychologen haben herausgefunden, dass sich die zunehmende Nutzung von Facebook und digitale Eifersucht bedingen. *More Information than You Ever Wanted*, so der Titel der Studie von Amy Muise. Die Psychologin befragte 300 Studenten, in der Mehrzahl Frauen. »Es zeigte sich, dass unsere Probanden umso eifersüchtiger waren, je mehr Zeit sie mit Facebook verbrachten«, sagt Muise. Viele berichteten, dass es für sie zu einer Sucht wurde, die Internetaktivitäten des Partners zu verfolgen.[25]

Wie die Zeitung *Die Welt* am 23.12.2009 berichtet, wird in Großbritannien schon jede fünfte Ehe wegen Facebook geschieden.

Facebook kennt kein Briefgeheimnis. Das Netzwerk erfasst automatisch, wer wem eine Nachricht schreibt, und hört auf Schlagwörter. Auch die E-Mail-Übernahme hat sich Facebook einverleibt. Facebook kennt also Ihren E-Mail-Verkehr. So will das Unternehmen ungefragt unsere Kommunikation kontrollieren. Kritiker wie die Gruppe *Europa versus Facebook* und Datenschützer kreiden dem Unternehmen an, dass die Standardeinstellungen zunehmend eine weitgehende Veröffentlichung von persönlichen Daten vorsehen. Neue Funktionen sollen ohne Zutun der Nutzer aktiviert werden. Der Kieler Datenschützer Thilo Weichert fordert den Stopp der Datenübermittlung in die USA und den Einblick in die Datenverarbeitung bei Facebook.

Wenn im *orwellschen Szenario* die Sprache reduziert wird, um alle möglichen Gedankendelikte schon im Keim zu ersticken, findet in unserer Informatikwelt genau das Gegenteil statt.

Hier wird jeder sogar aufgefordert, sich zu entblößen, zu liken, zu teilen, zu klicken und das Internet zu beackern.

Facebook, Amazon, Twitter, Google und Co. haben sich Verwertungswerkzeuge geschaffen. So könnte sich das *kollektive Unbewusste* aufgrund der Technik erschließen.

Die Produzenten im Hintergrund wissen genau über mentale Vorgänge und Muster der Masse Bescheid. Sie ziehen die Fäden, die das öffentliche Bewusstsein steuern und sich die Gesellschaft dienstbar machen. So kann zielgerichtete Manipulation funktionieren und öffentliche Meinung gebildet werden.

WIR ALS EIGENTLICHES PRODUKT DER DATENBANKEN

Datenbanken wissen bald alles über uns, ohne dass wir Widerstand geleistet hätten. Wir werden *gelesen, gespeichert, berechnet und durchleuchtet.* Die Akteure, die kommerziell wie politisch unsere Daten verwerten, agieren im Dunkeln. Die Kategorisierung der Menschen nennt man *Scoring* und es soll sich zu einem Milliardengeschäft entwickelt haben. Wie Scoring genau funktioniert, weiß niemand so genau. Die Rechenverfahren sind ein gut gehütetes Geschäftsgeheimnis, das die Firmen für sich behalten dürfen, wie der Bundesgerichtshof im Januar 2014 geurteilt hat. Interessieren Sie sich für einen Hauskauf, eine Bestellung in einem Versandhaus oder möchten Sie einen Handyvertrag abschließen: Bei all diesen Tätigkeiten wird von der Gegenseite ihr Score abgefragt.[26]

So müssen wir feststellen, dass jeder Datenschnipsel von uns wertvoll ist, denn er hilft dabei, ein digitales Profil zu erstellen.

Wir ziehen uns freiwillig aus, sind *nackt* und denken nicht daran, dass selbst unsere Krankheiten zu Geld gemacht werden. Auf diese Weise wird der gesamte Lebensbereich zu einem berechenbaren System, das einer Profitmaximierung dienen soll. Wie bereits erwähnt, sind wir durch die Nutzung der aufgezählten Techniken auf dem besten Weg ein *globales Bewusstsein* zu entwickeln.

Das Internet wurde zu einem Symbol der Globalisierung. Globalisierung ist wiederum nur durch die Nutzung der Informationstechnologie möglich. Dadurch verändert sich unsere Gesellschaft radikal. Privates verschwindet, Fremdsteuerung wächst. Heute spricht man von einer Verlangsamung der Globalisierung und einer rasanten Beschleunigung der Digitalisierung. Diese smarte, operierende Macht agiert nicht gegen unseren Willen. Sie ist stets bemüht, positive Emotionen in uns hervorzurufen. Wir unterliegen einem Programm der ständigen Verführung. Wir werden aufgefordert, uns mitzuteilen. Während wir den Like-Button drücken, geben wir wieder etwas preis.

HYPERREALITÄT ALS NEUER RAUM DER ERFAHRUNG

Der Beginn der Postmoderne zeichne sich durch Hyperrealität und simulierte Realitäten aus, so Baudrillard, Soziologe und Medientheoretiker. Immer mehr Symbole, Zeichen, elektronische und digitale Bilder würden reale Objekte ersetzen. Jean Baudrillard hat uns die Realität des Realen aufgezeigt. Baudrillard radikalisiert die Definition der Hyperrealität und bezeichnet sie als »Generierung eines Realen ohne Ursprung in der Realität.«

Wir leben in der Hyperrealität, einer totalen, wenn nicht gar totalitären Kommunikationsindustrie, in der alte Symbole ausgedient haben. Die realen Ereignisse verlieren ihren realen Bezugsrahmen, die Unterschiede zwischen Realität und Fiktion verschwinden. Es entsteht die Hyperrealität. Die Form ist somit Zeichen und die Funktion der Realität. Das Zeichen ist losgelöst von der Realität, somit folgt die Form der Fantasie, der Selbstdarstellung oder der Selbsterfindung.[27]

Der Bezug zum Realen spielt im Hyperrealen keine Rolle mehr. So ist unsere Welt eine der Repräsentationen, Modelle, Simulationen der Darstellung. Die Bedeutung für Baudrillard liegt im totalen Verlust der wahrnehmbaren Differenz zwischen Kopie und Original und der Auflösung des Greifbaren. Moderne Medien würden eine Multiplizierung und Kopierung der Realität bewirken.

Fest steht, dass der Mensch sich über seine Fähigkeit definiert. Dazu verwendet er Zeichen, die er interpretiert und in einem neuen Zusammenhang reproduziert. Das reproduzierte Zeichen als Spiegel des eigenen Seins äußert sich in der Gestaltung von Gegenständen. Diesen wird eine Seele eingehaucht. Komplexe Strukturen, wie wir sie in Maschinen und Wesen einimpfen, repräsentieren das Bild des Menschen selbst.[27]

So verändert sich durch die Begrifflichkeiten auch der Zugang zu den Dingen.

Durch den technologischen Fortschritt verschwimmen die Grenzen zwischen Wirklichkeit und Hyperrealität. Unser Geist wie unser Körper sind in der digitalen Welt längst andere geworden, da wir mehr oder weniger permanent mit einer

Parallelwelt verbunden sind. Über Smartphone, E-Mail, Videokonferenz etc. ergibt sich eine neue Form von Zeitlichkeit. Eine große Unsicherheit ist über uns gekommen und wir fragen uns, was unsere Spezies im Kern auszeichnet. Eine Zeit voller Nervosität wird auf uns zukommen. Seltsame Kulte und Überzeugungen machen sich breit, die vermehrt zu Psychosen, Burn-outs und Bipolarität führen.

Dies alles hat mit unserem Menschenbild zu tun, dem wir nicht mehr richtig folgen können.

Das Web entwickelt sich zu einem Gedächtnis, das unvorstellbare Datenmengen aus uns saugt. Wie eine Art Rohstoff für das neue Weltgedächtnis liegen die Datenmengen brach, während sie verwaltet, für Werbung und andere Zwecke ausgetestet und eingesetzt werden.

Big Data verändert alles. Spätestens seit den Enthüllungen von Edward Snowden wissen wir, dass uns eine unkontrollierbare Überwachungsmaschinerie fest im Griff hat.

SOCIAL ENGINEERING

Während durch systematische Zwänge Gesellschaften in Schach gehalten werden, wird konsequent an der Zersetzung von Gemeinschaft und politischem Bewusstsein gearbeitet. Dabei wird auf Basis der psychosozialen und ökonomischen Anpassungsmechanismen der alte Kampf mit Belohnung und Strafe fortgesetzt. So werden in naher Zukunft Apps über unser Gesundheitsprogramm und unseren Stand in der Gesellschaft entscheiden. Was dem Selbstvermesser ein Privatvergnügen ist, hat bei Unternehmen und Versicherungen weitgehend gesamtgesellschaftliche Konsequenzen. Bei Krankenversicherungen wird dann unser *Health Score* auf einer Rangliste mit anderen verglichen. Dementsprechend folgt eine Belohnung oder Bestrafung. So werden die Gesundheitswerte stets von einem Arbeitgeber und der Krankenversicherung überwacht. Auch der Staat könnte jederzeit Zugriff haben, wenn dies gesetzlich geregelt ist.

Daraus ergibt sich wieder ein globaler Wettbewerb.

Social Engineering wird manchmal auch die Wissenschaft und Kunst des Menschen-Hackings genannt. Der Begriff Social Engineering kommt ursprünglich aus der Philosophie. Karl Popper schuf den Begriff 1945 und bezeichnete damit vor allen Dingen soziologische und psychologische Elemente zur Verbesserung gesellschaftlicher Strukturen.

Durch den Einfluss der Datenmacht wird Politik zu sozialer Mathematik. Politik als Unternehmen, in dem konsumorientierte Lösungen angeboten werden. In diesem Zusammenhang gibt es eine einfache Gleichung: Totale Berechnung verlangt absolute Transparenz. Dieses Konzept wird von Konzernen und Regierungen betrieben und kann unter dem Begriff *Psychopolitik* zusammengefasst werden.

VOLKSDROGE FERNSEHEN
ODER
ERKLÄR MIR DIE WELT

DAS PUBLIKUM HAT ENTSCHIEDEN

Das Publikum hat entschieden: »Containergeschichten sind out! Zu öde und langweilig.«

Auf der Grundlage dieser Aussage sollten die Verantwortlichen des Senders mittels einer repräsentativen Umfrage ein neues Konzept entwickeln. Ebenso wurden Mitglieder der Gremien der Landesmedienanstalten aufgerufen, an diesem Verfahren teilzunehmen. Man wollte etwas absolut Neues unter medienwirksamen Gesichtspunkten erstellen. Auf Dauer sei es geschäftsschädigend, zu viele Containergeschichten wie *Big Brother* auf die Bildschirme zu bringen, hieß es in Entwicklerkreisen. Man war sich einig: Wenn es schon um Menschenwürde geht, dann bitte mit mehr Epos, mehr Tränen, mehr Kraft, etwas, was unsere Zeit spiegelt. Ein echtes, wahrhaftiges TV-Spektakel über Exhibitionismus, Voyeurismus und Lust am Töten sollte die Welt erschüttern und den Sender über alle Grenzen hinweg bekannt machen. In einer Welt, in der Menschen durch schlimmste Bilder aus Kriegs- und Krisengebieten an Grausamkeit und Barbarei gewöhnt waren, galt es eine neue Linie zu überschreiten. Man war sich ohnehin einig, dass der Krieg sich flächendeckend ausbreitet, auch wenn die ahnungslose Bevölkerung die Szenarien anders interpretiert. Genau die Idee fehlte seit Jahren! Das könnte den gewünschten Flow bringen, die Einschaltquoten würden ein Maximum erreichen, sagte man sich. Nach einem kurzen, aber intensiven Brainstorming hatte man das Konzept: »Wir inszenieren ein Konzentrationslager. Das Publikum darf mitspielen und jeden Tag zwei Gefangene per Fernbedienung zum Tode verurteilen.«

Natürlich war das nicht jedermanns Sache und einige Stimmen meldeten größte Bedenken. Darunter auch ein Kameramann. Er sagte: »Wo die Abwesenheit Gottes fehlt, herrscht Krieg auf allen Ebenen«. Er distanzierte sich von dem Projekt. Doch die Monstrosität hatte ihre Befürworter. Diejenigen, die dagegen stimmten, wurden fristlos entlassen, ganz nach dem Motto *Wer schweigt, der bleibt.*

»Wir wählen die Menschen ganz wahllos bei irgendwelchen Razzien«, verkündete der Produktionsleiter und fügte hinzu: »Alles möglichst authentisch, deshalb tätowieren wir auch Nummern in die Haut der Gefangenen.«

Somit stand das Konzept für die allerniederträchtigste Fernsehshow aller Zeiten.

Frage an meine Leserschaft: Halten Sie das für möglich?
Nein.
Sie haben recht!

Das gibt es *noch* nicht. Aber in einem Buch von Amélie Nothomb, die Fiktion der allergrößten TV-Geschmacklosigkeit mit dem Titel *Reality Show.*[28]

Organisierte Demütigung und Entwürdigung von Menschen gehört heute zum gesellschaftlichen Leben. Nach Unterzeichnung des Vertrages für Realityshows wird der Protagonist physisch und psychisch in die Mangel genommen. Dabei geht es um ein großes Thema, nämlich Gehorsamkeit durch Entwürdigung. Und dieses Thema zieht sich weiter durch die Strukturen unserer Gesellschaft. Überall dort, wo das Herrschaftsprinzip wirkt, ist Gehorsamkeit durch Entwürdigung möglich.

Nicht der Herr verwandelt die Welt, sondern der arbeitende, tätige Knecht!
Der Herr ist nur der Katalysator der Geschichte, der eigentliche Motor ist der Knecht.
So müssen wir zu dem Schluss kommen, dass die Herrschaft eine existentielle Sackgasse ist.[29] (Zitat frei nach Hegel)

Da wir *Sinnes-Menschen* sind, leben wir gerne mit allen Sinnen. Evolutionär betrachtet ist der Sehsinn unser stärkster Sinn, weshalb Fernsehen zu den genialsten Erfindungen aller Zeiten gehört. Hier können wir uns bequem von der Couch aus mit der Welt verbinden, ja, mit der Fernsteuerung sogar kontrollieren und lenken.

Hand aufs Herz: Wo steht Ihr Fernseher?

Sicher haben Sie ihm einen guten Platz zugewiesen. Er ist nicht irgendwo in einer Ecke versteckt, er thront an einem besonderen Ort und zieht alle Blicke auf sich. Schließlich ist er ein Liebling: Er erzählt uns immer wieder neue Geschichten und gibt Einblick in fremde Welten. Er bringt uns zum Lachen, zum Weinen, lässt uns zornig, traurig oder fröhlich werden. Er hilft uns, unseren Alltag zu bereichern, Langeweile zu meistern, bringt uns um den Schlaf oder wiegt uns in denselben. Er ist ein Allrounder, ein Könner, ein Tausendsassa. Er hat alles, um uns abhängig und süchtig zu machen, vergleichbar mit einem Liebhaber, von dem man weiß, er ist's nicht wert, und doch macht er einen immer wieder von Neuem trunken.

Der Gebrauch des Mediums ist fest im Alltag verankert. Offenbar werden beim Einschalten eines Fernsehgerätes nicht nur der Alltag und die Langeweile ausgeschaltet, sondern auch der kritische Verstand, sagt der Philosoph Michael Schmidt-Salomon in seinem Buch *Keine Macht den Doofen,* in dem er die herrschende Dummheit aufs Korn nimmt.[30]
Die Dummheit – sie ist die große Konstante der menschlichen Geschichte, die einzige Weltmacht, die seit Jahrtausenden Bestand hat.

PARALLELHANDLUNGEN UND MYTHEN

Bei manchen Menschen scheint ein Gerät nicht mehr auszureichen. Sie brauchen die Masse. Parallelhandlungen haben es ihnen angetan. Deshalb steht in jedem Zimmer, meist auch im Badezimmer, ein Fernsehgerät. Wie selbstverständlich gibt es in den Kinderzimmern »Flimmerkisten«. Sehr bedienungsfreundlich zeigen sie sich: Mit nur zwei Klicks sitzt man im richtigen Film. Die App für i-Pad und i-Phone zeigt mehr als 100 Videos, die ab dem Zweiten Lebensjahr empfohlen sind. Früh übt sich wer einmal ein Meister werden will.

Fernsehen lebt von dramatischen Handlungen, sowohl in Form von Darstellung als auch in der Berichterstattung. Laut wissenschaftlichen Forschungen ist das Sehen von Gewalt eine wesentliche Ursache für aggressives Verhalten. »Fernsehgewalt an sich tötet niemanden. Aber sie zerstört unser Immunsystem gegen Gewalt«, warnt David Grossman. Es besteht die Gefahr falscher Identifikation und unerwünschter Nachahmung. Dabei geht es in erster Linie um Botschaften, die vermittelt werden. Analogien zwischen Mythos und Fernsehen lassen sich durch ihre komplex strukturierten Erzählsysteme erklären – ein interessanter Ansatz, den wir uns näher anschauen sollten.

Mythologien bieten konträr zur Religion irdische Erklärungen für die Welt an. In unseren Tagen haben die technischen Bilder der Massenmedien diesen Part übernommen.

Das Fernsehen ist eine Erzählmaschine bestehend aus großflächigen Erzählnetzen, die wiederum durch verschiedene Genres gebildet werden. Das Erscheinungsbild des Programms ist geprägt von jeweils gegebenen politischen Anforderungen, technischen Möglichkeiten und wirtschaftlichen Interessen sowie dem Nutzungsverhalten des Fernsehpublikums.

In der griechischen Antike bildet der Mythos mit seinen symbolhaften Erzählungen ein Erkenntnissystem. So dürfen wir uns die klassischen Mythen als kollektiven Wissensspeicher der Gesellschaft vorstellen. Sie erklären Welt- und Naturphänomene, zeigen uns Hierarchiestrukturen auf, stellen Verhaltensmodelle bereit und bilden Normen.

Das Fernsehen in den Gesellschaften der westlichen Welt hat einen Platz eingenommen, welcher der Mythos in der griechischen Antike innehatte.

KOLLEKTIVES GEDÄCHTNIS

Unser kollektives Gedächtnis ist durch Fernsehbilder geprägt. Die Wirkung von kollektiven Emotionen wird uns ja täglich via Fernsehen, Radio und anderen Medien ins Haus geliefert. Es sind große Ereignisse, die sich durch das Fernsehen in unser Gedächtnis eingebrannt haben. Unsere gemeinsame Erinnerung wird ebenso geformt wie unser gemeinsamer Blick in die Zukunft: *Unsere Weltsicht wird geprägt.*

Bestes Beispiel für ein mediales Ereignis und die darauf folgende Prägung unserer Weltsicht ist der Terroranschlag auf das World Trade Center in New York.

Wir erinnern uns: Nachdem das erste Flugzeug in den nördlichen Turm des Welthandelszentrums in New York gerast war, befand sich das zweite Flugzeug im Anflug auf den Südturm. Die Explosion, der Einschlag, das Feuer, der Zusammensturz der Zwillingsbauten. Es war der Morgen des 11. Septembers 2001.

Kollektiv einschneidende Ereignisse wie diese haben aufgrund ihrer immensen medialen Verbreitung eine Wellenfunktion. Sie strahlen in die Zeit hinein. Die Echos strahlen dabei sowohl in die Zukunft als auch in die Vergangenheit. Kollektive Emotionen und Medienereignisse sind Momente moderner Gesellschaftsbilder, die ein gewisses Muster bilden. Bei einschneidenden, unerwarteten Ereignissen werden die Menschen erschüttert. Werden diese Ereignisse durch Medien noch potenziert, kann es passieren, dass Menschen auf archaische Muster zurückgreifen, um diese Ereignisse einordnen zu können.

Sicher erinnern Sie sich noch, wie wir im Fernsehen verzweifelte Menschen aus den brennenden Türmen des Worlde Trade Centers stürzen sahen.

Ein Fotograf hat das bis dahin Unvorstellbare festgehalten: Das Bild eines fallenden Mannes / *The Falling Man* (aufgenommen von Richard Drew) wird zum Symbol dieses barbarischen Geschehens.[31]

So werden mentale Bilder zu Ikonen und Erzählungen zu Mythen. Das ist der Stoff, aus dem nationale Mythen gestrickt wer-

den, um den Zusammenhalt einer Gesellschaft aufrechtzuerhalten.

Bingo.
Er ist der Bestandteil eines kollektiven Gedächtnisses.
Der wichtigste Unterschied zwischen einem sozialen und einem kollektiven Gedächtnis besteht darin, dass die Erinnerung im sozialen Gedächtnis kurzfristig ist, im kollektiven Gedächtnis jedoch stabil angelegt ist.

PHÄNOMEN SPRACHE

»Worte sind Luft. Aber die Luft wird zum Wind und der Wind macht die Schiffe segeln.«
Arthur Köstler

Der Wandel einer Sprache im Verlauf der Zeit ist ein vielseitiges Phänomen.
Nicht nur die Globalisierung hat unsere deutsche Sprache verändert, es ist die Gegenwart mit all ihren Verzweigungen, die der Sprache auf den Schuh drückt. Sprache kann sich nicht mehr so frei bewegen, wie es ihr früher einmal möglich war.
Durch perfide politische Rhetorik werden Menschen nur allzu leicht in die Irre geführt.

Wir können heute von einer populistischen Neubesetzung der Sprache ausgehen, in der sich Beleidigung und Pathos abwechseln. Aussagen wie *Krieg gegen den Terror* oder *Achse des Bösen* verändern unsere Denkstrukturen. Es sind Metaphern! Sie werfen neue Fragen auf und verändern die politische Identität, indem sie Moral und religiöse Werte oder das Rollenverhalten von Medien und Berichterstattern widerspiegeln. Heute sind sich Sprachforscher einig, dass man mit richtig eingesetzten Metaphern Wahlen gewinnen kann.

Wenn wir uns die Sprache der Populisten näher anschauen, kommen wir zum Schluss, dass Provokation und Kürzung im Hinblick auf Zusammenhänge an erster Stelle stehen. Sicher sind Ihnen schon Wörter wie *Lügenpresse, Raubkapitalismus* und *Meinungsdiktatur* begegnet oder Sie haben von der *Rentenschwemme* und dem *Toleranzfaschismus* gehört. *Populistisch* wurde zu einem Synonym für *nationalistisch, antidemokratisch* – Eigenschaften, die sich nicht gut anfühlen.

Das Institut für Medienverantwortung hat in einem Informationsportal eine Aufstellung von Begriffen zusammengetragen, die im öffentlichen Diskurs umgedeutet oder eigens kreiert wurden, um unpopuläre politische Interessen zu verschleiern und die Bürger gezielt zu manipulieren. So korrigiert und interpretiert die Sprachwaschmaschine fleißig. Ein paar Beispiele:

betriebsneutrale Kündigungen = Vorruhestand mit entsprechenden Renteneinbußen
Eingriffskräfte/Einsatzkräfte = Angriffsarmee
Einsatzlage = Krieg (Beispiel Afghanistan)
Flexibilität, Deregulierung = Aufgabe sicherer Arbeitsverhältnisse
Friedensoperation/Friedensmission = Krieg
Reform = Sozialabbau, Bildungsabbau[32]

Jede Ideologie, die sich vornehmlich durch Sprache ausdrücken kann, verwendet für ihre öffentliche Rhetorik ein bestimmtes Vokabular. Eine bestimmte Wortwahl zeigt den politischen und weltanschaulichen Standort des Sprechers an. Häufig werden Superlative, wie *einmalig*, der *Größte, Beste* etc. verwendet. Sprache hat einen Hang zu Gegensatzpaaren wie *richtig – falsch, Wahrheit – Lüge, Freiheit – Unfreiheit, Moral – Unmoral.* Das fördert die Polarisierung im politischen Umgangston und in den verschieden denkenden Gruppierungen im Volk. Hier fällt den metaphorischen Konzepten eine große Wirkung anheim.

Die Anwendung von verbalen Attacken und Scheinargumenten, Provokation und Polemik lehren uns zurzeit viele Politiker. Auftritte im Internet, in Printmedien und Fernsehduellen machen Populisten stark. Wobei auch hier die Grenzen verschwimmen, denn längst nicht alles, was als Populismus bezeichnet wird, darf in diese Ecke geschoben werden. Aus *Neu-Denk* wird Politik gemacht. Sprachlenkung und Sprachkontrolle hängen eng zusammen. Vielleicht ist die Nähe zwischen Sprache und einer kollabierenden Gesellschaft nicht auf den ersten Blick erkennbar, doch wird die Brücke sichtbar, wenn wir einen Bogen spannen und über Kommunikation und ihre Folgen nachdenken.

In der Regel verwenden wir Sprache unbewusst, ohne lange darüber nachzudenken. Ähnlich wie wenn wir beim Denken unser Gehirn einschalten, ohne uns darüber bewusst zu sein, wie leistungsfähig und komplex dieses Organ doch ist. Wenn wir kommunizieren, gehen wir von unserer Einstellung aus. Was wir fragen oder sagen und wie wir etwas fragen oder sagen, bringt unsere Einstellungen und Vorstellungen zum Ausdruck. Wenn wir uns mitteilen, dann stets in Bezug auf unsere Einstellung zu einem Sachverhalt.

Alle Menschen, die in einer Gemeinschaft leben, sei es Familie, Wohngemeinschaft oder ein ganzer Staat, stimmen einer Konvention zu, wenn sie der in dieser Gemeinschaft gesprochenen Sprache zustimmen. Gezwungenermaßen unterwerfen sie sich dem sprachlichen System. Damit gibt das Individuum automatisch eine Einwilligung ab, die in dieser Gemeinschaft üblichen Formeln und Konventionen zu verwenden.

Und so haben wir mit Sprache unsere gesellschaftliche Ordnung erschaffen. Die Regeln in unseren Verordnungen und Gesetzesentwürfen sind auf Sprache aufgebaut. Sprachliche Symbole sind historisch gewachsen. Somit ist Sprache auch Träger historischer Spuren. Wie ein Fingerzeig aus der Vergangenheit transportiert sie historisches Wissen und Erinnerungen an Situationen im Kontext zur Gegenwart. Soziales Wissen wird bewusst oder unbewusst mittransportiert.

Nichts formt und prägt unsere Rolle mehr als Sprache. Sie ist das Erbe, das wir seit unserer Geburt mit uns tragen.

Mit Wörtern erwecken wir Erscheinungen zum Leben. Wörter sind heilig. Sie drücken unsere Hoffnungen und Ängste aus, sie erschaffen mit uns die Philosophie, die Visionen und indirekt bitten sie uns, sie richtig zu gebrauchen. Sie sind ein schillerndes Erbe unserer Urahnen. Begegnen wir ihnen mit Liebe und Respekt! ♥

Nicht umsonst hat Ludwig Wittgenstein folgenden Satz geprägt:

»Die Grenzen meiner Sprache bedeuten die Grenzen meiner Welt.«[33]

SPRACHE ALS SPIEGEL DER GESELL-SCHAFT

Im Digitalzeitalter verändern wir uns von Grund auf und sind bereits zur digitalisierten Netzwerkgesellschaft mutiert. Heute vollenden wir unser *Sein* in der Informationsgesellschaft. Eigentlich nicht verwunderlich, dass *postfaktisch, (englisch post truth)* zum Wort des Jahres 2016 gewählt wurde. Nicht ohne Grund, wie die Gesellschaft für deutsche Sprache (GfdS) auf ihrer Website bekannt gab, steht das Wort doch für einen tiefen gesellschaftlichen Wandel. Wenn wir der Frage nachgehen, was das Wort *postfaktisch* eigentlich beschreibt, kommen wir zu einer klaren und einfachen Antwort.

Das Wort beschreibt die Praxis, Gefühlen mehr zu glauben als Tatsachen.

Die Aussage von Nietzsche, dass es keine Fakten gebe, nur Interpretationen, wurde von postmodernen Denkern aufgegriffen. Demnach hat jede Version eines Ereignisses eine eigene Realität und Unwahrheiten stellen eine andere Sichtweise dar, ganz nach dem Motto, dass ohnehin alles relativ sei. So hat sich dieses Denkmuster jahrzehntelang durch Medien, Gesellschaft und Politik gezogen und etabliert.

In der postfaktischen Welt geht es hauptsächlich darum, dass etwas sich wahr anfühlt, ganz nach dem Slogan: *Genug mit der Wahrheit, jetzt werden Fakten geschaffen!*

Wenn es uns nicht mehr so sehr um die Wahrheit geht, berührt das nicht nur unsere Sprache, sondern genauso die Ethik, die Seinslehre (Was ist?) und die Erkenntnistheorie (Was kann man erkennen?).

Ergo: Sprache ist keineswegs neutral, sie sucht sich mit ihren Worten ihre eigene Realität.

Die Manipulation von Sprache als Mittel der Machtausübung und Unterdrückung ist vermutlich so alt wie die Sprache selbst. Ein besonders drastisches Beispiel dafür, wie Sprache als Instrument für eine Massenhypnose eingesetzt werden kann, liefert uns George Orwell in seinem Roman *1984*.

In *1984* ist *Neusprech* eines der zentralen Werkzeuge, um die Masse zu kontrollieren. Zum einen werden der Sprache Worte genommen, zum anderen muss die Bedeutung der Worte verschwinden. Die Idee dahinter ist, assoziative Bedeutungen zum Verschwinden zu bringen. Worte, wie *Demokratie, Moral* oder *Freiheit* gibt es nicht mehr, Worte, wie *gut, besser, geistreich, genial* heißen nun *plusgut, doppelplusgut etc.*

Krieg ist Frieden!
Freiheit ist Sklaverei!
Unwissenheit ist Stärke!

Diese drei Parolen der inneren Partei prangen am Ministerium für Wahrheit.

Neben Neusprech kommt die Anwendung des *Zwiedenkens/Doublethink* zum Einsatz. *Doublethink* meint beispielsweise schwarz sei weiß und darüber hinaus die Fähigkeit sofort zu vergessen, dass man jemals das Gegenteil geglaubt hätte.

Wenn ein Dezernent aus *1984* spricht, klingt das so: »Die Wirklichkeit spielt sich im Kopf ab. […] Sie müssen sich von diesen dem 19. Jahrhundert angehörenden Vorstellungen hinsichtlich der Naturgesetze freimachen. Die Naturgesetze machen wir.«

So bedeutet *Neusprech* eine von einem autoritären Regime vorgeschriebene, künstlich veränderte Sprache. Die Anzahl und das Bedeutungsspektrum der Wörter werden verringert, um die Kommunikation der Bevölkerung in enge, kontrollierte Bahnen zu lenken. Damit sollen sogenannte *Gedankenverbrechen / Freies Denken* unmöglich gemacht werden.

Doppeldenk kann eine Zivilisation zerstören. Wie soll man Diskussionen führen, wenn Doppeldenk und ständiges Lügen zur Selbstverständlichkeit geworden sind?[34]

SPRACHE ALS WAFFE

Gerade in Zeiten des Faschismus wurde Neusprech politische und propagandistische Realität. Viele Worte wurden elegant umschrieben. Hitler hat nicht immer von Krieg gesprochen, wenn er Krieg gemeint hat. In den ersten Jahren seiner Machtausübung hat er von Frieden gesprochen, aber Krieg gemeint. Mit verhüllten Worten hat er geschickt Schreckensbilder umschrieben: *Vernichtungslager* in *Konzentrationslager* umgemodelt, *Massenmord* in *Endlösung*. Die Sprache des Nationalsozialismus ist ein blühendes Beispiel für Sprechattacken von Demagogen. In den heutigen Analysen dieser Sprache wird diskutiert, inwieweit der nationalsozialistische Sprachgebrauch Rückschlüsse auf politische Ziele und Absichten der Sprecher zulässt. Für die staatliche Sprachzensur und Sprachmanipulation schuf das NS-Regime selbst den Begriff *Sprachregelung*. So wurden der Presse durch Zensurmaßnahmen nicht nur Themen, sondern auch der Sprachgebrauch vorgegeben. Besonders für die Judenverfolgung und Judenvernichtung wurden Begriffe verordnet, die den tatsächlichen Zweck der Staatsmaßnahmen verschleiern sollten. Dies ging so weit, dass neutrale oder positiv besetzte Ausdrücke für Terror- und Mordaktionen verwendet wurden. Damit sollten sie Normalität ausdrücken und den organisierten Widerstand der davon Betroffenen verhindern.[35]

Der österreichisch-ungarische Schriftsteller Arthur Koestler bezeichnet die Sprache als die tödlichste Waffe des Menschen. Die Macht des Wortes sei der Hauptkatalysator des Krieges, heißt es in seinen Aufzeichnungen. Als Beispiel nennt er Adolf Hitler, der wie kein anderer die Macht der Sprache als Waffe einzusetzen wusste. Erst die hypnotische Wirkung seiner Worte hat seine Karriere ermöglicht und ihn zum größten Diktator der Geschichte gemacht, sagt Koestler.[36]
Ein weiterer Sprachforscher, der sich die Frage stellt, ob sich die Wurzeln des Unmenschlichen mit denen der Hochzivilisation verbinden, ist niemand Geringerer als Georg Steiner, der Vergleichende Literaturgeschichte und Komparatistik an den Universitäten Genf, Cambridge und Oxford lehrte. Steiner stellt uns vor die Frage, ob nicht schon im klassischen Humanismus selbst, in dessen Neigung zur Abstraktion und ästhetischem Werturteil, ein radikales Versagen angelegt sei.
»Meine ganze Arbeit dreht sich um die vordringliche Frage: Verflechten sich die Wurzeln des Unmenschlichen mit denen der Hochzivilisation? Die Barbarei überfiel den modernen Menschen im Zentrum der Kultur, der Künste, der universellen Bildung und des naturwissenschaftlichen Wunders.«
Beinah zwangsläufig befasst sich Georg Steiner in *Sprache und Schweigen* mit den Fakten des Nationalsozialismus und mit dem inneren Leben der deutschen Sprache.[37]

Dass Barbarei und ein hochgebildetes System einander nicht ausschließen, sollte uns zu denken geben.

Möge der wache Blick für Veränderungen in uns bleiben! Dieses dünne Gewebe zwischen einer Demokratie und einem totalitären Staat sollten wir stets im Auge behalten und die richtige Sprache fördern.

Wie rasch sich eine bestehende Ordnung verändert, sehen wir in der Gegenwart. Sprache ist ein Fingerzeig. Auch Nietzsche sprach von dem Ereignis, das die bestehende Ordnung durchkreuzt, unberechenbar wie ein Naturereignis. Ereignisse stellen Brüche dar, die neuen Räumen Platz machen. In Bezug auf die Veränderung unserer Sprache lassen sich Ereignisse erahnen.

VERÄNDERTE VER-HÄLTNISSE

Als ich Kind war, kannte ich das kleine Fensterchen, die Luke, durch die man der Realität den Rücken kehren konnte. *Es war einmal ...,* so begannen die Märchen, die unsere Vorfahren schon kannten und die uns von Eltern oder Großeltern vorgelesen oder erzählt wurden. Die Märchen und Geschichten waren unser Internet. Wir waren mit ihnen verbunden und hatten viele Figuren der Identifikation. Sie waren grausam, gewiss – in ihnen gab es jegliche Form von Bosheit, Mord und Entsetzen. Um die fantastischen, wundersamen Geschichten mit all ihren Hexen, Zauberern, Zwergen, verwunschenen Prinzen und Prinzessinnen zu verstehen, brauchte man nur ein offenes Ohr. Alles weitere besorgte das Kopfkino, die persönliche Fantasiestube. Die Belohnung des Guten und Bestrafung des Bösen beruhigte und stärkte den Glauben: »Die Welt muss doch in Ordnung sein – und mit ihr die Menschen«. Die Bescheidenen erhielten zum Schluss den Preis, die Bösen ihre Strafe. Wenn Hänsel und Gretel von der Hexe gemästet wurden oder der böse Wolf alle sieben Geißlein gefressen hatte, wussten wir, dass sich doch noch alles zum Guten wenden würde.

Die Kinder von heute wachsen in einer Mediengesellschaft auf. In fast allen Haushalten gehören Fernseher, Handy oder Smartphone, Computer oder Laptop zur Grundausstattung. Die Bedienung der Medien wird von Jahr zu Jahr einfacher. Wischen, Tippen und Zoomen macht den Kindern Spaß und so lernen sie viel schneller als Erwachsene, mit den Geräten umzugehen. Schon früh befreunden sie sich mit dem Internet und diversen Videospielen, lernen sich zu beschäftigen und zu kommunizieren. Ein unglaublich großer Kosmos erschließt sich ihnen.

Identität entsteht in der empathischen Interaktion und im Austausch mit anderen. Heute ist es die Digitalisierung, die unsere Identität verändert hat und weiter verändert. Alltagsgegenstände *(Gadgets)*, die über das Internet miteinander vernetzt sind, verändern unser Leben (Gadgets sind mit kleinen Chips, Sensoren, Datenspeichern oder Softwaresystemen ausgestattet, die einen Datenaustausch ermöglichen). Die Liste der *Smart Objects* ist lang: *Smart Home, Self Tracking Devices*, wie Fitnessarmbänder, *Smart Car* (vernetztes Auto), *Smart Clothes*, *Smart TV*, smartes Spielzeug (»Hello Barbie«). Es sind Geräte, die Informationen erfassen, speichern und verarbeiten und mit ihrer Umgebung interagieren. Die smarten Dinge passen sich den Vorlieben und Bedürfnissen der Nutzer an. Längst gibt es

Apps, die unseren Gefühlszustand anzeigen, smarte Schuhe, die unsere Schrittzahl messen und bei Bedarf via App die Füße wärmen, Fitnessarmbänder, die den Kalorienverbauch zählen, und vieles mehr.

So sind Alltagsgegenstände wie Hausgeräte auf Wunsch mit künstlicher Intelligenz ausgestattet. Im Falle des Kühlschranks bedeutet dies, dass er von der Beschaffenheit der Lebensmittel, die er kühlt, Bescheid weiß. Er könnte uns darauf aufmerksam machen, dass Milch oder Butter ausgehen, besser noch: Er könnte sie gleich selbst bestellen, damit sie uns ins Haus geliefert werden. Die Zahnbürste würde dann das Putzverhalten analysieren und die Daten dem Zahnarzt weiterleiten.

Eine mit Sensoren ausgestattete Kleidung könnte unsere Haut analysieren und herausfinden, inwieweit das Textil für uns geeignet ist.[38]

Wie stehen Sie zu diesen neuen Möglichkeiten?
Finden Sie das *Internet der Dinge (Internet of Things: IoT)* gut oder haben Sie Bedenken?

In Zukunft könnte es noch viel verrückter werden: Stellen Sie sich vor, dass alle Dinge um Sie herum, egal ob Kochtopf, Besteck oder Regenschirm, mit dem Internet verbunden sind. Beim *Internet of Everything* sind Computer, Laptops, Tablets und Smartphones nicht nur miteinander verbunden, sondern auch intelligente Maschinen, die auf den Datenbestand zurückgreifen können. Alles wird überprüft und registriert: Ihre Essgewohnheiten, Ihre Fitness, Ihre sexuellen Gewohnheiten, Ihr Bedürfnis, die Blase zu entleeren – alle Daten werden an die Cloud geschickt. Essen Sie zu hastig, wird sich Ihre Gabel mit einem Klingelton oder einer Stimme melden. Haben Sie vergessen, das Licht auszuschalten, werden Sie automatisch daran erinnert. Sind Sie zu lange vor dem Computer gesessen, werden Sie ermahnt, Ihre Augen für eine Minute zu schließen oder sich die Füße zu vertreten.

Weil Sie dann mit allen Gegenständen, selbst mit den Kieselsteinen im Bachbett, verbunden sind, sprechen Fachleute vom *Internet of Everything.*[39]

Ziel ist es, allen Dingen, die bisher auf die Steuerung durch ihren menschlichen Besitzer angewiesen waren, mithilfe des Internets Eigenleben einzuhauchen. Wenn Alltagsgegenstände kommunikativ werden, sich vernetzen und mitteilen und daraufhin andere Gegenstände ihr Verhalten ändern können, erhalten sie eine *elektronische Identität.* Wir erhalten im Gegenzug eine *augmented reality,* eine *computergestützte Erweiterung* der Realitätswahrnehmung.

Google Glass oder neue Kontaktlinsen sind solche Technologien.

Der Computerbildschirm wird dann zum integralen Bestandteil unserer Wahrnehmung. So werden wir immer weiter an die Schnittstelle Mensch / Maschine geführt, was unsere Interaktion von Grund auf verändert.

Augmented reality, kurz AR, kann in allen Bereichen des Lebens eingesetzt werden, ob Bildung, Medizin, Entertainment, Militär, Alltag, Spiele und auf Endgeräten.

Nun braucht es nicht viel Fantasie, um zu erkennen, wie gläsern der Einzelne durch den Einsatz der neuen technischen Errungenschaften wird. Was das Internet der Dinge so gefährlich macht, ist die unbegrenzte Möglichkeit der Datenerfassung, ein Meilenstein in Sachen Transparenz.[40]

Welche Rolle es im Leben der Menschen spielen wird und wie es sich auf soziale, wirtschaftlich und politische Prozesse auswirken könnte, wird weltweit an Universitäten und von

Gruppen von Denkern diskutiert. Dass die Geräte dabei immer mehr in den Hintergrund gedrängt werden, schafft wiederum neue Verhältnisse. Wir werden es mit sogenannter *unsichtbarer Information* zu tun haben. Sensoren werden sich am Körper befinden und unseren Lebensstil nachhaltig verändern, Medikamente werden unserem Gesundheitsstatus angepasst, Bildungswerkzeuge werden für jeden zugänglich sein, prophezeien die Entwickler von Google.

Die Nachteile sind enorm: Privatsphäre und Vertraulichkeit werden der Vergangenheit angehören; Denker und Entwickler sind sich einig: Die Welt wird zusehends unsicherer.

Der Philosophieprofessor in Oxford und Direktor des Institute for Humanity, Nick Bostrom, stellt die Frage: »What happens when our computers get smarter than we are?«

Er warnt vor klugen Supermaschinen, die uns Menschen bald schon vernichten könnten, und fordert, dass den Maschinen ein Ethikprogramm installiert wird, um die Menschheit zu schützen. Bostrom spricht von einer *Intelligenzexplosion,* die sich innerhalb von Wochen oder Stunden vollziehen wird. Eine solche Intelligenz, sagt er, würde sich selbst noch verbessern. In seinem Buch *Superintelligenz: Szenarien einer kommenden Revolution* beschreibt er, wie sich der Schritt in eine vollkommen andere Welt vollziehen könnte. Wenn wir uns vorstellen, dass sich eine autonome KI (künstliche Intelligenz) von ihrem lokalen Rechner löst und sich selbständig macht, sich frei im Netz bewegt wie ein intelligenter Virus, der sich nicht beherrschen lässt, könnte dies zu Katastrophen ungeahnten Ausmaßes führen.

Noch vor einigen Jahren lachten wir über Vorstellungen dieser Art und rückten diese in den Bereich der Science-Fiction. Doch bald schon könnten sie Realität sein.

Die Fragen *Wer sind wir?* und *Was ist Realität?* werden uns immer häufiger begegnen. Sie werden ins Zentrum des wissenschaftlichen Diskurses rücken und kulturelle Aufmerksamkeit erzielen. Spätestens wenn die Welt mit künstlicher Intelligenz durchwoben und mit neuen genmodifizierten Wesen bevölkert wird, kann die Geschichte neu geschrieben werden. Viele neue quälende Fragen werden sich auftun, wenn sich unser Menschenbild wandelt.

Der Fortschritt ist nicht aufzuhalten. Er führt uns in eine neue Wirklichkeit. Eine Wirklichkeit, an deren Ende nur noch die Summe aller Daten zählt?

DER ZAUBERLEHRLING

... seh' ich über jede Schwelle
doch schon Datenströme laufen
Und die Welt, wo einstmals Körper, ganz und gar darin ersaufen.
(Frei nach dem *Zauberlehrling* von Johann Wolfgang von Goethe)

TRANSHUMANISMUS

Im Silicon Valley, wo Geist und Geld ein hochexplosives Gemisch bilden, wurden die Grundsteine gelegt, der Fahrplan zur Unsterblichkeit bereits erstellt, die Befreiung des Menschen aus den Zwängen der Natur als oberstes Ziel beschlossen.

Der Transhumane ist ein Mensch, der über den Menschen hinausgewachsen, sprich mit besseren Fähigkeiten ausgestattet, die Welt und sich neu definiert. Es geht um die Optimierung und Verbesserung des ganzen Menschen. Diese Optimierung betrifft alle Bereiche, sowohl auf geistiger, körperlicher und emotionaler Ebene. Transhumanisten gehen davon aus, dass durch eine Verbesserung der emotionalen, physiologischen und intellektuellen Fähigkeiten eine Verlängerung der Gesundheitsspanne gegeben ist und die Lebensqualität erhöht wird. Transhumanisten glauben, der Schlüssel, die Erde wieder zu ihrer ursprünglichen Schönheit zurück zu führen, liege allein im technischen Fortschritt.

Vielleicht sind unter diesem Gesichtspunkt Wettermanipulation und genetische Veränderungen an Nahrung, Tier und Mensch besser zu verstehen. Veränderungen in Systemen schlagen Brücken und sind Stützen auf dem Weg in eine neue Zeit.

(Detail am Rande: Ein vor Kurzem in Deutschland stattgefundenes Treffen weist eine bemerkenswerte Synchronizität auf. Wissenschaftler aus aller Welt trafen sich zwischen 09. bis 12. 10. 2017 in Berlin zum sogenannten Climate Engineering Conference CEC17 und diskutierten kontroverse Eingriffe ins Erdsystem, während am 19. 10. in deutschen Kinos der Hollywood-Katastrophenfilm *Geostorm* anlief.[41] In dem Film geht es um ein Netz von Satelliten, die das Weltklima überwachen und Sicherheit für alle garantieren soll, doch dann gerät alles außer Kontrolle.)[42]

Warum ich an dieser Stelle über Geoengineering spreche, mag in Ihren Augen außerhalb der Handlung liegen. Doch so weit, sind die Dinge nicht voneinander entfernt. Chemtrails und Nanotechnologie – synthetische Biologie im Dienste der Veränderung an Mensch und Natur.

Diesbezüglich haben wir es immer noch mit sehr vielen Ungläubigen zu tun. Doch selbst die Max-Planck-Gesellschaft machte in ihrem Artikel vom Juli 2012 darauf aufmerksam, dass durch Geoengineering ein neues Klima entsteht.[43 u. 44]

Informieren Sie sich bitte über HAARP, einem *High Frequency Active Auroral Research Program*. Sie werden viele Bücher und auch Aufklärungsmaterial im Internet finden. Wie brisant das Thema HAARP auch für die EU ist, soll Ihnen mein Link im Glossar zeigen. Versuchen Sie möglichst viele Informationen über Wetterphänomene und deren Auswirkungen auf lebende Organismen zu erhalten.

Der Versuch, den Menschen in ein unsterbliches Wesen zu transformieren, befreit von Krankheit und Leid, verdient unsere volle Aufmerksamkeit. Für Transhumanisten stellt die Menschheit nur ein Übergangsstadium im Prozess der Evolution dar. Transhumanisten befürworten den Einsatz von Technik, um den Übergang vom Menschlichen zum Transhumanen und darauf zum Posthumanen zu beschleunigen.

Reparaturen und Verbesserungen am Menschen sind jedoch nichts Neues. Die Wurzeln dieses Phänomens liegen weit zurück. Das wechselhafte Verhältnis des menschlichen Körpers zur Maschine ist fast so alt wie die Menschheit selbst. Schon die alten Ägypter trugen funktionstüchtige Prothesen, wie die Experimentelle Archäologie herausgefunden hat. Nicht nur ihren Toten bastelten sie aus Gips fehlende Gliedmaßen, Holzaugen, Nasen und künstliche Geschlechtsorgane, sie verpassten auch Lebenden die fehlenden Stücke am Körper, wie eine Archäologin vom KNH Centre for Biomedical Egyptology der University of Manchester nachgewiesen hat. Dass es sich bei den Zehen um funktionstüchtige Prothesen handelte, wurde durch einen Praxistest nachgewiesen.[45]

Die Vorstellung eines ganzheitlich künstlichen Menschen hat es bereits in der Zeit vor Christus gegeben. Der römische Dichter Ovid erzählt vom Künstler Pygmalion: Den armen Pygmalion enttäuschten die Frauen so sehr, dass er alleine lebte. Doch Einsamkeit machte ihn auch nicht glücklich und so fertige er als Ersatz für die fehlende Frau aus Fleisch eine Frauenfigur aus Elfenbein an. Durch seine Liebkosungen und eine Anrufung an die Götter erwacht sie schließlich zum Leben, wird seine Ehefrau und bringt sogar seine Tochter Paphos zur Welt.[46]

So die Legende. Der Themenkomplex *künstlicher Mensch* ist seit jeher etwas gewesen, was Philosophen, Künstler und Literaten inspirierte.

Die Faszination des Schöpfungsaktes kommt auch im *Golem*, der Menschmaschine aus Lehm, zum Ausdruck. Im frühen Mittelalter taucht die Vorstellung von diesem künstlichen Wesen in der jüdischen Mystik auf: Ein künstlicher Mensch, geformt aus Lehm, stumm und ohne eigenen Willen. Er ist sehr groß, sehr stark, also perfekt für Schwerstarbeit oder Kampfeinsätze geeignet und soll die Juden vor Anfeindungen schützen. Sein Schöpfer kann ihm Befehle erteilen, die von ihm ausgeführt werden. Die Geschichte aus der jüdischen Mythologie fasziniert viele Menschen bis heute und war Ausgangspunkt zahlreicher Science-Fiction-Filme.[47]

Wie erfinderisch der Mensch in vergangenen Jahrhunderten mit Ersatzteilen für den Körper war, zeigt uns der nächste Bericht: In einer Schlacht im Jahr 1504 verlor der Ritter Götz von Berlichingen seinen Unterarm. Daraufhin ließ er sich eine künstliche Hand anfertigen. Das Besondere daran: Die Prothese war nicht wie damals üblich aus Holz, sondern aus Eisen gefertigt. Dank Federmechanismen in Finger- und Handgelenken konnte der Ritter weiterhin sein Schwert greifen und seine Schusswaffe abfeuern. Diese mechanische Prothese wird dank Goethes Drama *Götz von Berlichingen* 250 Jahre später bekannt.[48]

Forschern der Hochschule Offenburg ist es gelungen, die *Eiserne Hand* des Götz von Berlichingen nachzubauen. Dabei konnten sie feststellen, dass die alte Technik keinesfalls zum alten Eisen gehört. Wie dem Bericht zu entnehmen war, überraschte das Forscherteam, dass die Prothese bei vielen Aufgaben des täglichen Lebens eine erstaunliche mechanische Hilfe darstellte. Die Forschungsergebnisse wurden im Archiv für Kriminologie und in der *Science* veröffentlicht.[49]

Beinahe hätte ich einen der populärsten künstlichen Kreaturen vergessen: Frankenstein, ein unkontrollierbares Monster, das Entsetzen bei seinem Schöpfer auslöst, von ihm verlassen wird und seine Umgebung in Angst und Schrecken versetzt. Die Figur des Viktor Frankenstein ähnelt dem literarischen Faust, wie auch dem Prometheus aus der griechischen Mythologie. Der Stoff des *Frankensteins* warnt von einem grenzenlosen Eingriff in die Natur, dem Eingriff, lebendige Materie selbst zu schaffen.[50]

Die Geschichte der Verbesserung am Menschen ist lang, wobei der Schönheitschirurgie eine besondere Rolle zukommt. In diesem Zusammenhang möchte ich eine revolutionäre Operationstechnik erwähnen: Im Jahr 1904 wurde durch den deutschen Arzt Dr. Jacques Joseph eine neue Operationstechnik entwickelt, die bei Nasenkorrekturen keine sichtbaren

Narben zurücklässt. Was damals eine Revolution in der ästhetischen Chirurgie darstellte, ist heute Peanuts.[51]

Ein Meilenstein auf dem Weg, den menschlichen Körper mit Maschinenteilen zu reparieren, bringt eine der größten Katastrophen der Moderne mit sich. In Europa kommt es durch den Ersten Weltkrieg und seine 20 Millionen Kriegsversehrten zu einer bis dahin ungeahnten Nachfrage an Prothesen. Künstliche Gliedmaßen werden aus Metall nachgebildet und ermöglichen den Verstümmelten »natürliche« Bewegungen. Der Zweite Weltkrieg bringt nichts Neues in Sachen Prothetik, außer dass der Bedarf noch um ein Vielfaches gestiegen ist.

Diese Beispiele zeigen uns die Verbindung des Menschen mit künstlichen Konzepten. Es sind materielle Artefakte, die Ansprüche und Wissen über Körper und Technik transportieren. 1960 wird der Begriff *Cyborg* geboren. Die Forscher Manfred E. Clynes und Nathan S. Kline verwenden erstmals den Begriff des *Cyborgs* (*Cybernetic organism*). Im Aufsatz *Cyborgs and Space* entwerfen sie mögliche Szenarien, wie sich der Mensch an lebensfeindliche Umgebungen anpasst. So sollen technische Hilfsmittel das Überleben im Weltall oder in der Tiefsee möglich machen; zentral sind in dieser Vorstellung Maschinen, die die Leistungsfähigkeit der menschlichen Organe optimieren.

Zwei Jahrzehnte später entwickelt die Biologin, Wissenschaftsphilosophin und Feministin Donna Haraway den Begriff weiter. Während der Cyborg bis dahin als Mensch verstanden wird, von Maschinen unterstützt, entwirft Haraway in ihrem Essay *A Cyborg Manifesto* den Cyborg als Mischwesen, das weder schwarz noch weiß, weder Mann noch Frau, weder Mensch noch Maschine ist. Mit dieser Vision legt sie einen wichtigen Grundstein für die Cyborg-Kultur der folgenden Jahrzehnte. [52]

Der Cyborg soll auf einem total ruinierten Planeten ein Überleben ermöglichen.
Im Cyborg verkörpert sich ein neues Menschenbild.

Inzwischen gibt es eine Cyborg Foundation: Sie unterstützt Menschen bei der Verwandlung in bio-technoide Mischwesen. Gegründet wurde sie im Jahr 2010 von dem Künstler Neil Harbisson. Der von Geburt an farbenblinde Künstler lässt sich 2002 einen Sensor implantieren, der Farbinformationen in Töne verwandelt. Das wurde als großer wissenschaftlicher Durchbruch gefeiert und ging unter dem Titel *Farben' hören* durch wissenschaftliche Zeitschriften und Magazine.

Als ein bio-technoides Mischwesen kann auch *Eyeborg* Rob Spence gesehen werden.
Bei einem Schießunfall verliert er sein rechtes Auge und lässt es mit einer winzigen Videokamera ersetzen. Statt eines Glasauges trägt der Filmemacher eine winzige Kamera in der Augenhöhle.[53]

Inzwischen spricht man auch von der *schnellsten Beinprothese der Welt*. Theoretisch sind die neuen Prothesen in der Lage, die menschliche Leistungsfähigkeit nicht nur zu ersetzen, sondern sogar zu übertreffen.
Die Prothese soll einen zerstörten Körper wiederherstellen, dem Cyborg ist die Idee der Optimierung des biologischen Körpers eingeritzt. Der Cyborg ist Mensch und Maschine, lebendig und tot, Fleisch und Stahl.

Der Begriff *Transhumanismus* tauchte erstmals in Julian Huxley's 1957 erschienenem Buch *New Bottles for New Wine* auf. Julian Huxley suchte besessen nach einer Verbindung zwischen Humanismus und Evolutionstheorie. (Evolutionärer Humanismus oder Transhumanismus (vgl. *Huxley 1957a, 1964a)*

Julian Huxley war Biologe, Philosoph, Schriftsteller, erster Generaldirektor der UNESCO und einer der Gründer der WorldWildlife Foundation. Huxley prägte die Idee des Evolutionären Humanismus und des Atheismus im Namen der Vernunft.

Sein Bruder Aldous Huxley hat den Roman *Brave New World,* auf Deutsch *Schöne Neue Welt,* geschrieben. Erscheinungsjahr: 1932. Der Roman behandelt die Ablehnung von Gefühl und Geist im Individuum zu Gunsten einer wissenschaftlichen Wahrheit.

Inhaltsangabe: Die Gesellschaftsordnung in der Neuen Welt ist in Kasten geteilt. Die Menschen werden künstlich produziert und anschließend im Central London Hatchery and Conditioning Center für ihre Rolle in der Gesellschaft konditioniert. Fünf Sorten Menschen hat das ausgeklügelte System hervorgebracht: Alphas, Betas, Deltas, Gammas und Epsilons. (Nach Intelligenz und Möglichkeiten sortiert. Bei der Konditionierung, im Anschluss an die Produktion, werden die Kinder im Schlaf beeinflusst und lernen, sich mit ihrer Position abzufinden. Auch eine Glücksdroge mit dem Namen Soma kommt zum Einsatz, um die Menschen Glück empfinden zu lassen.

In Huxleys Werk muss man dahinterkommen, warum eine Welt, die gut zu sein scheint und die Menschen glücklich macht, in Wahrheit eine schlechte Welt ist. Wenn die Form durch Überformierung formlos wurde und jede Art von Individualismus als asozial betrachtet wird, dann sind wir in der *schönen neuen Welt* angelangt.[54] (Vgl. Filme *Matrix)*

Transhumanismus – Human Enhancement

Wer sich im bunten Garten der Verbesserungsvorschläge umsieht, erhält ein vielfältiges Bild. Von der Steigerung menschlicher Leistungsfähigkeit bis zur makellosen Schönheit und blühender Gesundheit bedeutet *Human Enhancement* ein *Mehr-als-gesund-und-schön*. Einteilen kann man es in Verfahren, die auf körperliche und auf geistige Erweiterung abzielen. Zu den bestehenden Disziplinen gehören die Schönheitschirurgie, Prothetik, Implantation und Transplantation sowie gentechnische Verfahren und pharmakologisches Enhancement (zum Beispiel Doping oder Verjüngung). In Bezug auf die geistige Erweiterung werden auch bestehende Computertechnologien hinzugerechnet (Smartphones, Smartwatches und Datenbrillen).

Viele dieser Möglichkeiten werden bereits von der Bevölkerung praktiziert. Wenn wir an die selbstgewählte Optimierung des Menschen denken, stoßen wir automatisch auf Fragen der Gerechtigkeit.

Kann es eine Chancengleichheit geben?

Im Sport ist die Sache klar. Wer dopt, wird als Betrüger entlarvt. Weitaus weniger klar liegen die Dinge beim *Gehirn-Doping*. Wissen wir doch, dass Ritalin[55] oder Modafinil[56] die Leistungsfähigkeit im Kopf steigert. Die Medikamente werden konsumiert, um besser arbeiten zu können, konzentrierter zu sein und länger wach zu bleiben. Wenn also diese Medikamente zum Einsatz kommen, wäre die Folge des Ungleichgewichts zwischen dem, der auf natürliche Weise arbeitet und dem Gedopten, ein kognitives Wettrüsten.

Welche Entwicklungen könnten sich daraus ergeben? Chancengleichheit könnte durch den Staat geregelt werden und zu einem Pflichtprogramm für alle werden, so ganz unter dem Motto: *Gut für die Gesellschaft.* Wie schlimm wäre das denn? Das käme einer totalen Kontrolle und Bevormundung der Bürger gleich. Sozialtechnisch gesehen wäre die Impfpflicht zu einer solchen erzieherischen Maßnahme zu rechnen.

Wenn Menschen beginnen sich zu optimieren, steigen auch die Standards: *Schöner, schneller und effizienter* – Selbstoptimierung liegt im Trend. Für viele ist die Verbesserung rund um die eigene Person zu ihrem größten Projekt geworden. Das Begehren des Einzelnen formt sich weiter und reißt immer größere Bevölkerungsschichten mit sich. Erinnern wir uns an den Zauberlehrling: Anfänglich ist der Zauberlehrling noch stolz auf sein Können, doch bald schon muss er bemerken, dass er der Situation nicht mehr gewachsen ist.

Möglicherweise könnte es uns auch so ergehen.

Doch lassen wir uns den Technikoptimismus nicht verdrießen und schauen weiter auf die Liste der Möglichkeiten.

Ganz oben finden wir das genetische Enhancement: Google hat maßgeblich im Bereich Medizin und Biotechnik mitgewirkt. 2007 investierte Google in das Genanalyse-Unternehmen 23andMe. Das Unternehmen bietet Privatpersonen eine Genanalyse und soll mittlerweile über eine Gendatenbank von mindestens 650.000 Personen verfügen.[57] Präventiv-medizinische Genanalysen zählen zur modernsten Art der Präventionsdiagnostik. Dies bietet bahnbrechende Möglichkeiten, so ihre Befürworter. Insbesondere für die persönliche und individuelle Gesundheitsstrategie, die im krassen Gegensatz zu allgemeinen Gesundheitsratschlägen steht. In diesem Zusammenhang fällt mir Angelina Jolie ein, die sich nach einer Genanalyse beide Brüste abnehmen ließ, weil laut Analyse ihr Brustkrebsrisiko deutlich erhöht war. Diesen Weg haben inzwischen auch andere bekannte und weniger bekannte Personen gewählt.[57]

Mittels der Gentechnik könnte die gesamte Menschheit verändert werden, denn auf genetischer Ebene lassen sich wesentliche Merkmale dauerhaft vererben. So könnte die Lebensspanne deutlich verlängert werden und die kognitiven und emotionalen Fähigkeiten der Menschheit auf ein höheres Niveau gebracht werden. Dadurch könnte man der Evolution vorgreifen und unbekannte, trans- oder posthumane Lebensformen entstehen lassen.

Bei dem Thema *Förderung der Erbanlagen* wird gerne der Begriff *Eugenik* verwendet. Man spricht heute von einer *liberalen Eugenik* im Unterschied zur staatlich angeordneten, die während des *Dritten Reiches* praktiziert wurde. Um dem Wort einen besseren Charakter zu verleihen, hat man sich auf *genetisches Enhancement* geeinigt. Möglicherweise haben wir jetzt denselben Gedanken. Geht es Ihnen auch so wie mir, und Sie fragen sich, was wäre, wenn der Staat über die Erbanlagen seines Volkes entscheiden würde?

Abgesehen davon, dass das Wort *Eugenik* eine höchst schmerzvolle Assoziation in uns auslöst, können wir uns ausrechnen, was es heißt, wenn es einmal eine Gendatenbank geben sollte und der Staat, Arbeitgeber und Versicherungsunternehmen jederzeit darauf zurückgreifen könnten.

Wenn wir Themen für ethischen Sprengstoffe suchen, sind wir bei Juan Carlos Izpisua Belmonte und seinem Team vom *Salk Instiute of Biological Studies* in La Jolla / Kalifornien genau richtig. Denn sie haben praktisch nachgewiesen, dass Mischwesen, also *Chimären,* zwischen Mensch und Tier möglich sind. In hunderten Versuchen haben sie verschiedenste Formen solcher Mischwesen geschaffen, wie im Fachmagazin *Cell* beschrieben wird. Derartige Chimären sollen zukünftig dazu verwendet werden, menschliche Organe im Innern von Tieren wachsen zu lassen, um sie bei Bedarf bei Transplantationen für Menschen zu verwenden.[58]

Logisch, dass gesetzliche Regelungen hinter der Technik hinterherhinken. Beunruhigend genug, sich ab sofort mit den Möglichkeiten näher zu befassen.

Was haben die fünf Buchstaben CRISPR mit einem genmanipulierten Baby zu tun?

Ganz einfach: kaputte Gene raus, perfekte Gene rein, Erbkrankheit weg. So oder so ähnlich.

CRISPR/Cas9 steht für ein neues Verfahren, um DNA-Bausteine im Erbgut zu verändern, und wird in der Gentechnik als Revolution gefeiert. Obwohl es aus Bakterien stammt, funktioniert CRISPR in nahezu allen lebenden Zellen und Organismen. Es verspricht neue Möglichkeiten gegen Aids, Krebs und eine Reihe von Erbkrankheiten. Außerdem wird es bei der Züchtung von Pflanzen und Tieren verwendet.[59]

Sollten Sie sich fragen, welche Aktien eine vielversprechende Rendite bringen, würden Ihnen viele Anleger höchstwahrscheinlich zu den Aktien der Genschere-Spezialisten Editas Medicine, Intellia therapeutics und CRISPR Therapeutics raten. Sie gehören seit Beginn 2018 zu den Topperformern im Biotech-Sektor. Doch auch hier gilt der Slogan: *Nichts ist sicher.*[60]

Ein ziemlich junger Zweig der Naturwissenschaften innerhalb der Biowissenschaften ist die Nanotechnologie. Man spricht bereits von einer Nanorevolution in den Bereichen Medizin, Energiegewinnung, Umwelt, Krieg, Werkstoffforschung und Elektronik. In Zusammenhang mit den neuesten Forschungen hören wir von den neuen Heilbringern. Lange waren sie nur eine Vision, die kleinen Ärzte, die man schlucken kann und *Nanobots* nennt.

Die Nanotechnologie ist dabei, einen Bogen zwischen Medizin und Informatik zu spannen, indem sie den menschlichen Organismus als ein komplexes Software- und Hardwaresystem begreift. In absehbarer Zeit sollen mikroskopisch kleine Roboter unser Immunsystem stärken, Krankheiten besiegen und unser Lebensalter erhöhen. Unter dem Namen Life Sciences findet man Berichte und Artikel über Anwendungen und wissenschaftliche Erkenntnisse der modernen Biologie, der Chemie, und der Humanmedizin. Die Forschungen laufen auf Hochtouren. Im medizinischen und gesundheitserhaltenden Bereich gibt es beinahe täglich neue Erkenntnisse und durchschlagende Erfolge. Nanomotoren können durch menschliche Zellen gesteuert werden. Sie sollen künftig in der Krebstherapie helfen und Medikamente durch den Körper transportieren.[61]

Die Nanotechnologie arbeitet in atomaren Dimensionen: *mit der Natur, über die Natur hinaus die Welt Atom für Atom neu gestalten.*

Ray Kurzweil, der bekannte Futurist, Chefingenieur von Google, Autor und Erfinder, hat uns eine wunderbare Erklärung für Nanobots geliefert. Jeder, der sich dafür interessiert, hat auf YouTube die Chance zu erfahren, wie Nanobots funktionieren. Wenn man Ray Kurzweil dabei in seiner offenen, verspielten Art beobachtet, kommt man zu dem Schluss, dass die Veränderung unserer Spezies nur zwei Steinwürfe von uns entfernt liegen muss. Im Gegensatz zu vielen anderen Transhumanisten, die eher ein naturalistisches Weltbild vertreten, steht Ray Kurzweil im Einklang mit fernöstlicher Philosophie und zitiert gerne aus der Quantentheorie. Mit 150 Pillen täglich möchte er sich auf die Singularität (im nächsten Unterkapitel) und ein ewiges Leben vorbereiten, seine Zellalterung verlangsamen und seine körperlichen und mentalen Fähigkeiten erhalten. Das Genie

Kurzweil zählt laut diversen Berichten zu den intelligentesten Menschen der Welt. Eines seiner Lieblingsthemen ist die *technologische Singularität*.

TECHNOLOGISCHE SINGULARITÄT

Das Projekt der technologischen Singularität meint die Abschaffung der Menschheit, wie wir sie kennen, das Ende von Fleisch, Geist und Blut. Singularität ist die Erfindung von Ray Kurzweil. Ray Kurzweil ist überzeugt, dass technologischer Fortschritt so schnell verläuft, dass unser Leben dadurch transformiert wird. Die Entwicklung schreitet so rasant vorwärts, dass man von exponentiellem Wachstum spricht. Es ist die Beschleunigung der technischen Innovation, die sich von Jahr zu Jahr um ein Vielfaches steigert. Nach Einschätzung von Ray Kurzweil dürfen wir mit der Singularität in 20 bis 30 Jahren rechnen, vielleicht auch schon früher. Das gesamte Wissen der Menschheit und ihre technischen Errungenschaften, insbesondere Gentechnik, Nanotechnologie, Neurologie und Kybernetik, werden sich in der neuen Gattung Mensch / Maschine vereinen. Eine künstliche Intelligenz mit der Fähigkeit, sich selbst zu verbessern, als *Seed AI* bezeichnet, wird dann die Dinge in die Hand nehmen.

Die technologische Singularität ist der Zeitpunkt, an dem Maschinen die Intelligenz des Menschen überflügeln.

Ray Kurzweil hat ein Buch mit dem Titel *Menschheit 2.0* (im englischen Original: *The Singulariy is Near)* verfasst, indem er uns eine genaue Beschreibung liefert.

Kurzweil sagt voraus, dass dann das menschliche Gehirn ein-
gescannt und simuliert werden kann. So würde der Geist als
Software in der Cloud weiterleben und von der biologischen
Uhr ausgeschlossen sein.

Oder auch: Der Mensch als organische Maschine, ein Vehikel
für Information in Form eines Cyborgs.

*Der Philosophie folgend der Mensch und alles in der Welt sei ein
Netzwerk aus Informationen, wird es ein Kinderspiel sein, die
Informationsstruktur eines Menschen vollständig zu erfassen und
auf eine unsterbliche Materie zu übertragen.*[63]

Vielleicht macht Sie der Gedanke an die Singularität fassungs-
los oder Sie haben sich mit dem neuen Kapitel der menschlichen Geschichte bereits befasst, sind verunsichert oder Sie befürworten den technischen Eingriff in unsere Evolution und
sehen die Befreiung des Menschen endlich kommen.

Wie dem auch sei, vielleicht fragen Sie sich, wie die Cloud zu
verstehen ist, sehen etwas amorph-körperloses vor sich. Nein,
die Cloud ist eine widerstandsfähige Serverfarm bestehend
aus Beton, Stahl, Blech, Glas, Kunststoff und allerlei Kabeln
und Schrauben, keine Wolke, die über der Erde schwebt.

Wie geht das mit der Cloud nun weiter, wenn am Tag X der
große Übergang stattfindet? Darauf muss man sich vorbereiten, rät die Singularity University im Silicon Valley. Eigentlich klingt es ganz einfach: Das menschliche Gehirn koppelt
sich an die Cloud, sobald die Singularität erreicht ist.

Ist es nicht eine verrückte Vorstellung, abgespeichert und ab-
gelegt in der Cloud zu liegen? Alle Menschen verschmelzen
zu einem hybriden Wesen und die Cloud birgt das Wissen
der Welt.

Kritiker sagen, wir wären dann wieder in einem totalitären
System gefangen: Die hochgeladenen Gehirne werden sich

nicht wehren können und stehen den Machern für jegliche Form von Veränderung zur Verfügung.

Transhumanisten sehen das anders:

Auf die Freiheit bezogen sehen sie das große Potential wissenschaftlichen Fortschritts und absoluter Selbstbestimmung. Zur Formung dieses Potentials bedarf es eines Programms, welches Freiheit, Gleichheit und Demokratie fördert. Vorrangig geht es dabei darum, die Autonomie über den eigenen Körper zu gewährleisten, eine Solidargemeinschaft mit sexuellen, kulturellen und ethnischen Minderheiten zu etablieren, kumuliertes Wissen der Öffentlichkeit jederzeit zugänglich zu machen und weltweit die Demokratie zu stärken.[64]

Für Ray Kurzweil ist Machtmissbrauch kein Thema. Er glaubt, es könnte durch Schutzmaßnahmen verhindert werden: Ein Moral- und Ethikprogramm wird der Superintelligenz impliziert.

Mit Einsatz und Akribie verfolgt Kurzweil seine Mission. Wenn er uns die Unsterblichkeit als nächsten Evolutionsschritt in Aussicht stellt, verschanzt er sich nicht in seinem Labor, im Gegenteil: Er schreibt populärwissenschaftliche Bücher, spricht vor einem Riesenpublikum von der Singularität und holt sich andere Wissenschaftler, Mediziner und Lebensratgeber mit ins Boot. Langsam gelingt es ihm, zum Popstar aufzusteigen, der einen Gegenentwurf zu Gott und seiner Ordnung präsentiert.

Zum besseren Verständnis und auf die Gefahr hin, dass ich Sie langweile, lassen Sie mich noch einmal zusammenfassen:

Wenn Transhumanisten von Singularität sprechen, sehen sie die Auslagerung bewusstseinsrelevanter Teile des Gehirns in ein digitales Medium. Dieser Prozess nennt sich *Mind Uploa-*

ding. Alternativ dazu wäre es zukünftig auch denkbar, das Bewusstsein in eine geeignete physische Einheit (zum Beispiel einen Roboter) zu transferieren.

Wie das Buch von Ray Kurzweil nennt sich auch die Gruppe der Transhumanisten um Kurzweil und Google *Menschheit 2.0.*

Bereits in den 1980er-Jahren tauchten die ersten Bestrebungen unter dem Namen *Extropianismus* auf. *Extropie* ist der Oberbegriff für die weltweit bekannteste transhumanistische Gruppe. Ihre Mitglieder sind hauptsächlich Naturwissenschaftler und IT-Experten. Diese Strömung ist dynamisch optimistisch und möchte die Evolution, befreit von jeder dogmatischen Religionsrichtung, mittels Technik beschleunigen. Sie verfolgen die gleichen Ziele wie Ray Kurzweil und Google. Gegründet wurde diese Bewegung von dem Zukunftsforscher und Philosophen Max More. Auch er spricht vom sogenannten *Uploading,* dem Prozess, bei dem das Bewusstsein eines Menschen aus dem Gehirn extrahiert und digital gespeichert wird, wie zuvor beschrieben (vgl. Cloud Ray Kurzweil).
Max More leitet das Kryonikunternemen Alcor, wo 130 in flüssigem Stickstoff konservierte Leichen auf den Aufbruch in das neue Zeitalter warten.[65]
Seine Frau Natasha Vita-More ist die bekannte Futuristin und Vordenkerin der Transhumanismusszene. Vita-More ist die ungekrönte Königin des Transhumanismus. Sie ist Beraterin an der Singularity University in Silicon Valley und unterrichtet Design an der privaten University of Advancing Technology.[66]
Vita-More bezeichnet die Evolution als viel zu langsam und erfolglos und begründet dies damit, dass ein klar determiniertes Ziel fehle.

Die nächste Gruppe lässt sich unter dem Namen *demokratischer Transhumanismus* zusammenfassen. Diese Bewegung versteht sich als Gruppierung, die politische Philosophie, liberale Demokratie, Sozialdemokratie und Transhumanismus zusammenführt.[67]

Heute beraten führende Transhumanisten westliche Regierungen, Firmen und Entscheidungsträger. Die Website *Politik-Kommunikation.de* berichtet, dass die Bewegung auffallenden Zuspruch für ihre Ziele gewinnt. Diese Entwicklungen beginnen sich gegenseitig zu befruchten und zu beeinflussen. Dabei wird eine neue Beziehung zwischen Technik und Mensch, im Weiteren in Politik, Technik und Anthropologie, hergestellt, in der Folge weit über das grundsätzliche Selbstverständnis des Politischen hinausgehend – und zwar jenseits bisheriger Links-Rechts-Dualismen.[68]

Immer wieder stoßen wir auf die Frage, ob denn der Transhumanismus die gefährlichste Idee der Welt sei. Sehr interessant und unerlässlich in diesem Zusammenhang ist die Einschätzung derjenigen, die sich intensiv mit dem Transhumanismus beschäftigen, sei es in Form von Philosophie, Wissenschaft oder als Cyborg.

MEINUNGSVIELFALT

Stefan Lorenz Sorgner zählt zu den weltweit führenden Experten in Sachen Trans- und Posthumanismus. Sein Buch *Transhumanismus – die gefährlichste Idee der Welt?* beschäftigt sich mit dem radikalen Paradigmenwechsel, in dem wir uns befinden, und gibt eine umfassende Einführung in diese kulturelle und philosophische Bewegung. Er fordert dazu auf, über die biotechnologische Revolution nachzudenken, um auf deren Herausforderungen zu reagieren. Da helfe es nicht, sich auf ein anachronistisches Weltbild des Humanismus zu berufen, das gebetsmühlenartig beschworen wird. Sorgners zentrale These lautet: »Ich habe ernsthafte Gründe, darüber nachzudenken, warum biotechnologische und sogar genetische Veränderungen moralisch legitim sein können und nicht moralisch verwerflich sein müssen.«[69]

Stephen Hawking warnte immer wieder, dass die Weiterentwicklung der KI (Künstliche Intelligenz) zur Entstehung eines Bewusstseins der Maschinen führt und das Ende der Menschheit bedeuten könnte.

Nick Bostrom gehört zu den Gründern der World Transhumanism Association von 1998, ist aber kein Mitglied. Als Leiter des Oxford Future of Humanity Institute ist er nicht nur für die Gates-Stiftung zum theoretischen Anker geworden, sondern auch neben Hawking der wohl prominenteste Vorreiter des Manifest for Future of Life Institute 2.0. In seinem aktuellen Buch *Superintelligenz* plädiert Bostrom für einen gesteuerten Transhumanismus, beschäftigt sich aber gleichzeitig mit unterschiedlichsten Ausprägungsformen, welche jeweilige Spezifizierungen erfahren und dementsprechend einen differenzierten Umgang erfordern. Entscheidend ist für ihn, welche Art von Singularität durchgeführt und gefördert wird.[70]

Peter Diamandis ist Transhumanist und Direktor der Singularity University. Er ist davon überzeugt, dass wir in Zukunft im Überfluss leben werden und sich die Kluft zwischen Arm und Reich schließt. Das Werkzeug dazu ist der menschliche

Geist. Genaueres findet man in seinem Buch *The future is better than you think*.[71]

Diamandis berät die Topunternehmen der Welt, wenn es um exponentielle Technologie geht, und ist Vorsitzender und CEO der X-PRIZE Foundation, die die Entwicklung zum Wohle der Menschheit vorantreibt. Diamandis besuchte das MIT, wo er seinen Doktortitel in der Molekulargenetik und Raumfahrttechnik, sowie die Harvard Medical School, wo er seinen MD erhielt.[72]

Francis Fukuyama, US-amerikanischer Politikwissenschaftler, sieht im Transhumanismus die gefährlichste Idee der Welt. Durch diese neue Technologie und die Verfügbarkeit des Genoms sei zwar nicht das Ende der Geschichte auszurufen, wohl aber das Ende des Menschen.[73]

Jürgen Habermas, deutscher emeritierter Professor, zählt zu den weltweit meistrezipierten Philosophen und Soziologen der Gegenwart. Er hat den Transhumanismus immer schon kritisiert. In einem Essay zur liberalen Eugenik aus dem Jahr 2001 bringt er seine abwehrende Haltung zum Ausdruck, an der sich bis heute nichts geändert hat. Habermas mahnt, dass Demokratie, Selbstverantwortung und Selbstbestimmung durch die angestrebten technologischen Maßnahmen gegenstandslos wären.[74]

Bill Joy, Mitbegründer von Sun Microsystems, kritisiert in einem seiner Essays *Why the future doesn't need us* die transhumanistischen Maßnahmen. Er sieht darin die große Gefahr, dass Menschen damit ihre eigene Auslöschung vorbereiten, da sie aufgrund der ihnen angeborenen Inkompetenz nicht fähig seien, die eigene Evolution zu leiten.[75]

Peter Sloterdijk hat mit seinem Vortrag aus dem Jahr 1999 in Schloss Elmau mit dem Titel *Regeln für den Menschenpark* für Furore und Aufsehen gesorgt. Der Text löste ab Ende August 1999 eine intensive öffentliche Debatte über die Anwendung von Biotechnologie auf den Menschen aus. Sloterdjik hielt unter anderem ein Plädoyer für eine positive Eugenik, da wir uns in einer gesellschaftlichen Situation befänden, in der die herkömmlichen Erziehungs- und Bildungsmaßnahmen versagt hätten. Diese Form der Steuerung habe es nicht geschafft, die aggressiven und gewalttätigen Bestrebungen des Menschen zu domestizieren.[76]

Kevin Warwick, Professor für Kybernetik an der University of Reading in England, ist ein Cyborg. 1998 pflanzte er sich einen Chip in den Arm, der es ihm ermöglicht, mit seinen Gedanken seinen Computer und andere Geräte zu steuern. Seine Forschungen bieten therapeutischen Nutzen. Warwick forscht unter anderem an intelligenten Computerchips, die Parkinsonpatienten vor Tremorattacken schützen. Seine Visionen findet man in seinen Bestsellern und Vorträgen dargestellt.[77]

Luc Ferry, Philosoph, Publizist und ehemaliger Bildungsminister Frankreichs, hat dem Thema ein Buch gewidmet: *La révolution transhumaniste (Die transhumanistische Revolution)*. Ferry ist der Meinung, dass im Transhumanismus sowohl das Schlimmste als auch das Beste steckt, und unterteilt die transhumanistische Bewegung in zwei Strömungen. Auf der einen Seite stehen die Wissenschaftler, die den Menschen verbessern und seine Lebensdauer verlängern möchten. Ihnen gegenüber stehen diejenigen, denen eine neue, unsterbliche menschliche Spezies vorschwebt. Er glaubt jedoch, dass die Gegensätze zwischen den beiden Visionen nicht unüberwindbar sind (Zahlreiche Vorträge sind in französischer Sprache im Internet zu finden).[78]

Norbert Wiener, Kybernetiker, wurde 1947 gebeten, in einem Buch einen Überblick über seine bisherigen Arbeiten zur Kommunikation und Steuerung zu geben. Als Titel suchte er nach einem Begriff und leitete dabei aus dem Griechischen den Begriff *Kybernetik* ab.

Maschinen werden von Wiener als abstraktes Konzept betrachtet, was die Maschine oder auch andere Systeme von ihrer physischen Repräsentanz unabhängig macht. Dies bedeutet, dass dieselbe Maschine unterschiedlich physisch repräsentiert werden kann, nämlich biologisch, technisch oder organisatorisch.

Wiener formuliert die Körperkonzeption des Trans- bzw. Posthumanismus auf dem *kybernetischen Paradigma*:

»Wir beginnen einzusehen, dass solche wichtigen Elemente wie die Neuronen, die Atome des Nervenkomplexes unseres Körpers, ihre Arbeit unter fast den gleichen Bedingungen wie Vakuumröhren verrichten, mit ihrer relativ kleinen Energie [...] und dass die Bilanz, die sehr wesentlich ist, keine Energiebilanz ist. Kurz, die neue Untersuchung der Automaten, ob aus Metall oder aus Fleisch, ist ein Zweig der Nachrichtentechnik, und ihre Hauptbegriffe sind jene der Nachricht Betrag der Störung oder Rauschen [...] Größe der Information, Kodierverfahren usw. «

Norbert Wiener sah große Probleme aufkommen und warnte vor einer Gesellschaft, die Sklavenarbeit hervorbringen könnte.[79]

Der Wunsch nach Korrekturen und Verbesserungen am menschlichen Körper ist so alt wie die Menschheit selbst. Schönheitschirurgie, Lifestyleprodukte und Gendoping haben unsere Körper schon seit Jahren auf eine transhumane Expansion vorbereitet. Die physische, genetische und psychische Optimierung des Körpers wurde zur modernen Freiheit ausgerufen. Merkwürdige Praktiken wie Genitalpiercings, Zungenspaltungen, subkutane Implantate oder die Verankerung von Metallklammern in der Haut zeugen von einer neuen Gruppenbildung innerhalb der Gesellschaft, vereint unter dem Begriff *Body-Modification*. Das Verändern des Körpers mit Skalpell und Nadeln ist also zu einer Lebenseinstellung geworden. Nehmen wir diesen Trend und das zunehmende Aufkommen von Schönheitsoperationen als Parameter für die neue Lust an Veränderung am Körper, lässt sich ein Trend zur Veränderung im Großen erahnen. Lassen Sie mich ein bisschen ausholen, um den Hintergrund etwas auszuleuchten.

Transgender wurde in den 1970er-Jahren in den USA von Virginia Prince maßgeblich geprägt. Sie gründete 1960 die Zeitschrift *Transvestia*. Der Begriff *Transgender* sollte Menschen beschreiben, die die soziale Geschlechtsrolle durch alle möglichen Eingriffe vollständig ändern wollen. Seit den 1980er-Jahren wurde der Begriff zunehmend als ein politischer gebraucht. *Gender Studies* lösten die Bezeichnung *Women's Studies* ab. In diesem Zusammenhang werden Transsexualität und Transvestitismus oft in einem Atemzug genannt. Sie können als Unterbegriffe eines Transgenders verstanden werden.

Diese und andere Vorzeichen haben die biologische Revolution bereits angekündigt. Vor diesem Hintergrund scheint es nur allzu verständlich, dass sich der Mensch als wissenschaftlich-technische Konstruktion beschreiben lässt, um zukünftige Bestrebungen zu rechtfertigen. Die Grenzen zwischen Mensch und Maschine, Organismus und Artefakt scheinen sich im Zeitalter von Gen-, Bio- und Informationstechnologie aufzuheben. In diesem Zusammenhang neue Körper- und Identitätskonzepte zu entwerfen, scheint die logische Folge zu sein. Die Auflösung der Grenze zwischen natürlichen und künstlichen Phänomenen entspricht dem Zeitgeist, konsequenterweise untermalt von apokalyptischen Befürchtungen.

So hat auch die Kunst von diesem Trend profitiert. In der Kunst beschäftigen sich Performance-Künstler seit Jahrzehnten mit dem Körper und seinen Möglichkeiten der Transformation. Künstler haben schon früh auf die futuristischen Versprechen neuer Technologien reagiert – Natasha Vita-More mit ihrem Imperativ *Be Art!*, wenn es um die Umwandlung in einen Cyborg geht. Sie hat einen Zukunftsentwurf entwickelt, der die Möglichkeiten des posthumanen Körpers veranschaulicht.[80]

Den eigenen Körper als Software zu begreifen, zeigen uns zwei andere radikal denkende und konsequente Künstler – zum einen der Australier Sterlarc zum anderen die französische Künstlerin ORLAN.

Sterlac wurde mit seinen *Suspensions* bekannt, indem er sich zwischen 1976 und 1989 über 25 Mal Stahlhaken durch die Haut treiben ließ. Dem aber noch nicht genug, folgte anschließend die eigentliche Kunstperformance, indem er sich an wechselnden Orten und in wechselnden Positionen und Situationen an Seilen aufhängen und zum Schweben bringen ließ. Der Künstler will seinen Körper als manipulierbare und modifizierbare Struktur verstanden wissen.[81]

Das Gleiche gilt für die Künstlerin ORLAN, die sich anfangs der 90er-Jahre ein besonderes Kunstprojekt ausgedacht hat. Der Titel ihrer Performance lautete *The Reincarnation of Saint ORLAN.*

In neun Schritten lässt sie ihren eigenen Körper den Schönheitsidealen von bekannten Malern der Kunstgeschichte angleichen: Boticelli, Gérôme, Boucher und Da Vinci. Der OP-Tisch wird zur Bühne, auf dem ORLAN Gedichte rezitiert, während Chirurgen an ihrem Körper herumschnipseln. Die Performance wird direkt ins Center Pompidou in Paris und in die Sandra Gering Gallery in New York übertragen. Das absolut Gewaltige und schier Unglaubliche an der Aktion ist aber die Verweigerung der Anästhesie. ORLAN lässt sich ohne Anästhesie bei vollem Bewusstsein operieren.

Bei dem Gedanken läuft es mir eiskalt den Rücken hinunter: Operationen ohne Anästhesie ... Oh mein Gott! Wie das funktioniert, kann ich mir nicht vorstellen, doch ORLAN hat es bewiesen.

Ihr künstlerisches Credo lautet: *Mein Körper ist meine Software.*

Die Künstlerin setzt damit auf die Fortsetzung ihrer feministischen Performance-Arbeiten, indem sie die Operationen als Performance mit medialer Vermarktung inszeniert, aufzeichnet und dem Kunstmarkt zum Verkauf anbietet.[82]

Was als ein Paukenschlag in der feministischen Literatur gilt und im Zusammenhang mit vorgenannten künstlerischen Standpunkten steht, ist das *Manifest für Cyborgs,* welches die Feministin und emeritierte US-amerikanische Professorin Donna Haraway im Jahr 1985 herausgegeben hat.

Darin heißt es, durch die Verschmelzung von Technischem und Organischem, Menschlichem und Maschinellem würden neue Identitätskonzepte denkbar. Damit ließe sich vor allem das Geschlechterverhältnis neu deuten, was dabei helfe, klassische Zuschreibungen zu überwinden. Das Aufbrechen der traditionellen Dualitäten von Natur/Kultur-Technik, passiv/aktiv, Körper/

Geist, Frau/Mann, Andere/Selbst kann auch unter Bezugnahme auf phänomenologische Perspektiven zu Neudeutungen von Körperlichkeit und Identität führen.[83]

GEDANKENEXPERIMENTE

DER TOD UND DAS MÄDCHEN

Die moderne Gesellschaft erneuert alles, sogar den Tod. Alles ist multiperspektivisch geworden.

Der Tod als Ursprung und Antrieb unserer Kultur hat uns bis heute begleitet.

Eine Möglichkeit, den Tod abzuschaffen, stand bis vor Kurzem noch nicht zur Diskussion, doch jetzt rückt sie theoretisch näher.

Die Furcht vor dem Tod ist bis jetzt unser zuverlässigster Begleiter im Leben, die Angst eine der Haupttriebkräfte menschlichen Handelns. Das aus dieser Angst entstehende menschliche Handeln ist weit stärker ausgeprägt, als den meisten von uns bewusst ist.

Der Tod gehört als Grenzerfahrung zu unserem Leben und macht begrenzte Zeit kostbar.

Der natürliche Körper unterliegt einem Zeitprogramm. Manchmal kostet es vielleicht Überwindung, sich zu seinem Alter zu bekennen und, wie man so leicht hinweg sagt, *in Würde zu altern*. Aber unter uns gesagt: Wär es nicht schön, die Zeit anzuhalten? Für ein paar Jahre oder Jahrzehnte oder vielleicht sogar für Jahrhunderte?

In unserem bisherigen Leben waren wir uns bewusst, dass jede Handlung die letzte sein könnte. Jedes Ding, das auf Erden existiert, ist dem Untergang geweiht. Alles ist auf seine ihm ureigenste Weise kostbar und zerbrechlich. Wir lebten bisher in einer fragilen Symbiose mit der Natur.

Die Frage, die sich nun stellt: Können wir dieses Zeitprogramm unterbinden?

Transhumanisten sagen *Ja*. Sie sind davon überzeugt, dass Superintelligenzen mit Kenntnissen und Fähigkeiten ausgestattet sein werden, die selbst Raumzeit im Universum und Energie umzustrukturieren verstehen. Im neuen Cyberspace gelten keine physikalischen Gesetze und der Mensch selbst, ein codiertes Datenaggregat, kann in vollkommener Freiheit leben. Die totale Überführung der Realität in virtuelle Welten kann als letztes Stück der Menschheitsgeschichte gesehen werden. Wenn wir so weit sind, befinden wir uns im erwachten Universum. Eine selbstgeschaffene Rasse von allmächtigen Göttern, unsterblich und unbegrenzt.

Schauen wir uns dazu die Meinung von Hans Moravec an, der auf dem Gebiet der Robotik forscht. Die Vollendung der Zivilisation nach Hans Moravec könnte so aussehen:

»Begriffe wie Leben, Tod und Identität werden ihre heutige Bedeutung verlieren, denn Bruchteile ihres Geistes anderer Individuen werden sich vereinigen, durchmischen und in neuen zeitlich begrenzten Kombinationen zusammentreffen, manchmal größer, manchmal kleiner, manchmal sehr individuell und von langer Dauer, manchmal nur flüchtig, lediglich kleine Wellen auf dem Strom des Wissens unserer Zivilisation. [...] Meine Spekulation endet mit einer Superzivilisation, die alles Leben des Sonnensystems zusammenfasst, sich ständig vervollkommnet und ausdehnt, von der Sonne fortstrebt und leblose Materie in Geist verwandelt. […] Dieser Vorgang, der sich eventuell schon an anderer Stelle im Universum ereignet, könnte das Universum in eine einzige, gigantische denkende Einheit verwandeln, die Vorstufe zu noch höheren Dingen.«[84]

Ich brauch da immer ein bisschen, um mir das vorzustellen. Vielleicht geht es Ihnen auch so und Sie basteln sich die dazugehörigen Szenen und Bilder zurecht. Bleiben wir vorerst beim Tod. Wenn ich an den Tod denke, versetz ich mich in ihn. Wie mag er sich dabei wohl fühlen?

Aus Sicht des Todes mag das Projekt der Transhumanisten ziemlich gewagt aussehen. Er muss sich damit abfinden, dass Sterblichkeit technisch auf Unsterblichkeit übertragen wird. Mühsal, Krankheit, Arbeit und Tod sind dann Begriffe, die der Vergangenheit angehören.

Wie würde der Tod sich das erklären?

Keine menschliche Stofflichkeit greifbar, ausschließlich Sphären des reinen Geistes und Material, das nicht vergeht. Während unseres Lebens stehen wir in einem kontinuierlichen Energieaustausch mit unserer Umwelt. Der Tod ist die psychologische und biologisch-materielle Bedingung für die Evolution des Lebens wie auch der Ursprung und Antrieb der Kultur.

Wenn wir uns wirklich von unseren Körpern trennten und nicht mehr sterblich wären, hätte der Tod ein trauriges Schicksal. Was wird er dann wohl machen? Sich selbst zu Grabe tragen oder in eine andere Energieform übergehen?

Ob der Tod schon weiß, dass gegen ihn eine gigantische Maschinerie in Bewegung gesetzt wurde?
Ob er weiß, dass Google & Co. ihn austricksen wollen?

Was für den einen der ultimative Traum, ist für den anderen der pure Horror. Humanbiologen, Theologen und Wissenschaftler verschiedenster Richtungen haben Bedenken und sagen ein Scheitern voraus, denn nichts sei so sicher wie der Tod, meinen sie.

So sah es wohl auch Franz Schubert, als er *Der Tod und das Mädchen* als Streichquartett komponierte und damit unendlich viele Seelen berührte. Es ist kein bestimmtes Mädchen gemeint, sondern der Mensch in seiner Vergänglichkeit.[85]
Was immer Philosophen über die Tatsache des Todes geschrieben haben, in einem Punkt waren sie sich stets einig: Der Weise wird den Tod weder fürchten noch herbeisehnen, er nimmt ihn als natürlichen Akt und betrachtet ihn als Schlusspunkt des Lebens. Weder im Verdrängen noch im Gedanken an ihn, findet er sein Leben. Eine gewisse Gelassenheit fordert ihn auf, ihn als Bruder des Lebens zu betrachten. Die Kunst des Sterbens ist demnach mit der Kunst des Lebens eng verbunden.
Ob der Tod nicht nur als das irreversible, sondern auch als das vollständige Ende des Lebens definiert werden sollte, ist noch nicht beantwortet. An dieser Stelle scheiden sich die Geister.

BEWUSSTSEIN

Wir können uns dem Thema Bewusstsein auf ganz unterschiedliche Weise nähern und würden unzählige Erklärungsversuche finden.

Da gibt es das Ichbewusstsein und das Massenbewusstsein, da gibt es unsere Wahrnehmung, die sich durch Lebensereignisse, Informationstechnologie, Drogen, hormonelle Veränderungen und Einflüsse von außen wandelt.

Da gibt es die *Computertheorie des Geistes,* nach der das Gehirn eine Art organischer Computer und der Geist die Software ist. Durch diese Annahme glauben Anhänger der Computertheorie, Geist ließe sich durch die entsprechenden Befehle als App programmieren. Dann hätte der Computer genau wie wir ein Bewusstsein.

Diese Theorie ist das gegenwärtige bestimmende Paradigma in der kognitionswissenschaftlichen Forschung. Sie beschreibt den menschlichen Geist in Analogie zum Computer als Programm, das auf einer Hardware, dem Gehirn, implantiert ist.[86]

Das Zusammenspiel von Körper, Geist und Bewusstsein ist noch nicht geklärt, doch die Zeit, in der künstliche Intelligenz unser Bewusstsein überformt, ist nah. Nun sagen Sie berechtigt: Weshalb den nächsten Schritt vor dem ersten?

Diese Frage kann ich Ihnen auch nicht beantworten und wahrscheinlich gibt es niemanden, der das könnte. So selbstverständlich das Bewusstsein für uns alle ist, so kompliziert wird die Sache bei genauer Betrachtung. Was sich im Kopf tatsächlich abspielt, wie Bewusstsein und Ichempfinden im Gehirn erzeugt werden, ist den Forschern nach wie vor rätselhaft. Eine anerkannte wissenschaftliche Definition gibt es bis heute nicht.

Wir müssen davon ausgehen, dass Philosophie und Naturwissenschaft seit Descartes und Platon bei der Entschlüsselung des Bewusstseins etwas übersehen haben. Ist es das Problem der Subjektivität, ein Dämon, der unser geistiges Wachstum hemmt? Gibt es eine universale Lenkung, die unser Bewusstsein einschränkt und eine Entwicklung zum wirklichen Menschen verhindert?

Über alle Zweifel erhaben ist die Tatsache, dass wir bei Bewusstsein sind:

Ich denke, also bin ich.

René Descartes hat seine komplette Philosophie auf diesem Fundament aufgebaut. Alle Sinneseindrücke könnten eine Täuschung sein, unsere Anschauungen Irrtümer, unsere Welt ein riesiger Schwindel, aber das Bewusstsein bleibt Tatsache.

Unbestritten, dass der Körper mit seinen kognitiven Eigenschaften und Emotionen mit unserem Bewusstsein zusammenarbeitet, um ein *Selbst* entstehen zu lassen. Es gibt gute Belege, wenn auch keine zwingenden Beweise für die Unabhängigkeit des Bewusstseins vom physischen Körper.

Fest steht, dass die lärmende Umwelt mit all ihren bizarren Erscheinungen ein weiteres Phänomen darstellt, das an unserem Bewusstsein nagt, weil wir uns in den Erscheinungen verlieren und unseren inneren Platz, unsere Stärke und unser Sein gegen Oberflächlichkeit eingetauscht haben. Wir haben unsere Bewusstheit gegen Halluzination eingetauscht.

David Gelernter, Rockstar der Computerwissenschaften, hat uns in seinem Buch *Gezeiten des Geistes* einen Gegenentwurf zu den Vorhaben der Transhumanisten geschenkt. Er sagt: »Kreativität und die Fähigkeit zur Introspektion sind nur dem Menschen gegeben. Das zeigen die Werke von Shakespeare, Homer und Proust. Die Erkenntnisse von Descartes, Searle und Freud haben im digitalen Zeitalter eine größere Bedeutung denn je.« Er verteidigt den Humanismus gegen die Weltverbesserungen aus Silicon Valley.[87]

Eine interessante Passage hab ich bei Engels gefunden. Ob er den Transhumanismus vorausahnen konnte? Ich glaube eher nicht.

»Der Kampf ums Einzeldasein hört auf. Damit erst scheidet der Mensch, in gewissem Sinn, endgültig aus dem Tierreich, tritt aus tierischen Daseinsbedingungen in wirklich menschliche. Der Umkreis der die Menschen umgebenden Lebensbedingungen, der die Menschen bis jetzt beherrschte, tritt jetzt unter die Herrschaft und Kontrolle der Menschen, die nun zum ersten Male bewusste, wirkliche Herren der Natur, weil und indem sie Herren ihrer eigenen Vergesellschaftung werden. Die Gesetze ihres eigenen gesellschaftlichen Tuns, die ihnen bisher als fremde, sie beherrschende Naturgesetze gegenüberstanden, werden dann von den Menschen mit voller Sachkenntnis angewandt und damit beherrscht. Die eigene Vergesellschaftung der Menschen, die ihnen bisher als von Natur und Geschichte aufgezwungen gegenüberstand, wird jetzt ihre eigene freie Tat. Die objektiven, fremden Mächte, die bisher die Geschichte beherrschten, treten unter die Kontrolle der Menschen selbst. Erst von da an werden die Menschen ihre Geschichte *mit vollem Bewusstsein* selbst machen, erst von da an werden die von ihnen in Bewegung gesetzten gesellschaftlichen Ursachen vorwiegend und in stets steigendem Maße auch die von ihnen gewollten Wirkungen haben.«[88]

LIEBE, SEX UND BEZIEHUNGEN IM POST-HUMANEN ZEITALTER

Die Liebe ist bekannt als das stärkste Gefühl in uns Menschen. Kein anderes Gefühl kann uns so reich beschenken und bis zum Verrücktwerden quälen. Verlustangst, Eifersucht, Verletzlichkeit sind nur einige Worte, die wir mit Liebe oder Leidenschaft in Verbindung bringen.

Wenn wir uns fragen, wie Liebe im posthumanen Zeitalter aussehen könnte, können wir sicher sein, dass unsere klassische Vorstellung davon mit dem alten Menschenbild fällt.

Als vor Kurzem das *Xenofeministische Manifest* des Kollektivs Laboria Cuboniks im Internet erschien, sorgte es für viel Aufregung.[89]

Um einen Einblick in die Philosophie der Xenofeministinnen zu geben, beginne ich bei Donna Haraway. Donna Haraway hat die Aussage *lieber Cyborg als Göttin* geprägt und war die erste bekannte Cyberfeministin. Cyberfeminismus kann als Vorläufer des Xenofeminismus angesehen werden. In *A Cyborg Manifesto* aus dem Jahr 1984 konstatiert Haraway, dass im Laufe des 20. Jahrhunderts bestimmte Ordnungskategorien mehr und mehr verschwinden würden. Gender, Rasse und Klasse stellen keine Grundlage für einen Glauben an eine *essentialistische* Einheit dar. Es gibt keine Weiblichkeit, die Frauen auf natürliche Weise verbindet. Haraways Text war eine Kritik an der Technologiefeindlichkeit der feministischen Bewegung der 1980er-Jahre. Sie war eine der Ersten, die den technologischen und medialen Wandel in der Gesellschaft begriffen hat. Der feministischen Bewegung warf sie vor, diesem Wandel mit einem Rückzug auf eine kulturpessimistische, naturalistische, technologiefeindliche bis in die Esoterik hineinreichende Position entgegenzustehen. Sie warf dem Feminismus vor, dass er sich viel zu sehr auf ein vom Patriarchat geprägtes Feindbild versteifen würde, und die Errungenschaften der Technologie stets als ein Teufelswerk der Männer ansehen würden. Sie schlug vor, die Technologiefeindlichkeit endgültig zu begraben. Haraway verwandelt den Cyborg in eine mythische Schlüsselfigur. Sie macht Werbung für Hybridwesen und schlägt vor, ihrer Utopie, einer »Welt ohne Gender« näher zu kommen. (Vgl. [83] und [90])

Xenofeministinnen wollen die zwei existierenden Geschlechter auf hunderte von blühenden Geschlechtern ausweiten, das Geschlecht ganz abschaffen und / oder biotechnisch und hormonell hacken. Wie Xenofeministen unterstreichen, ermöglicht allein der freie Zugang zu Hormonen die wahre Freiheit, über sich selbst, über den Körper und somit über die Identität zu entscheiden.[91]

So geht es im Xenofeminismus unter anderem um das Übel der Fortpflanzung und wie sich die Dinge durch Automatisierung aller Lebensbereiche ändern. Eine der Hauptvertreterinnen, Helen Hester, die bei uns durch die *Akzelarationismusbewegung* mit Armen Avanessian und anderen bekannt wurde, hat vor Kurzem ein sehr empfehlenswertes Buch mit dem Titel Xenofeminismus (bis jetzt nur in englischer Sprache) herausgebracht.

Unter der Vielfalt muss es auch die Abstraktion geben:

Cybererotiker halten zur Pflege abstrakter menschlicher Beziehungen an einem Ideal fest, das sich Cyberplatonismus nennt. Sie sehen in den Möglichkeiten technologischer Prothetik durch den Computer eine revolutionäre Vereinigung von Ontologie und Metaphysik, deren Urvater mit Platon identifiziert wird. Die Abstraktion wird dabei als platonisch ideell propagiert, weil jenseits des Fleisches.

Eine Identität als Avatar, ein intelligentes Programm, dem die Gefühle künstlich suggeriert werden, hat wahrscheinlich andere Vorstellungen als der Mensch aus Fleisch und Blut. Der posthumane Mensch erhebt sich auf die Stufe eines Selbst-Schöpfers und ist damit zu einem gottähnlichen Wesen mutiert, das von sich selbst zahllose Kopien erschaffen kann, mit der Möglichkeit, sich jederzeit auch technisch zu verbessern. Die Angleichung an Gott als oberstes Prinzip der platonischen Philosophie und jedes mystischen Strebens scheint somit in konkrete Reichweite gerückt zu sein.[92]

Wie auch immer die Dinge sich entwickeln mögen: Ich frage mich gerade, wie sich ein elektronischer Orgasmus wohl anfühlen mag. Mit einem perfekten Menschendouble als Partner oder einem Maschinenwesen oder vielleicht doch nur mit einem Computerprogramm?

Welche Form von Sexualität würde ich wählen? Wäre ich gerne asexuell, hypersexuell oder metasexuell?

Kaum auszudenken, was da alles auf uns zukommen mag.

Auf jeden Fall wird Sexualität im Verlust des sozialen Kontextes stattfinden. Auch die Aktivität, wie wir sie kennen, wird sich wandeln. So wäre es möglich, dass Sex zu einem Auslaufmodell werden könnte. Zum Zweck der Fortpflanzung fällt er ja vollkommen weg. Wenn wir uns nicht mehr mit einer anderen Person reproduzieren wollen, geht es in einer posthumanen Welt, was den Nachwuchs betrifft, darum, die besten Eigenschaften der verschiedenen Beteiligten zu nutzen.

DIE NEUEN KINDER

Frage an meine weiblichen Leser: Können Sie sich vorstellen, dass schmerzvolle Geburtswehen der Vergangenheit angehören, die Nabelschnur gegen ein Kabel getauscht und Schwangerschaften Schnee von gestern sind?

Sie schütteln den Kopf und denken: ›Nein, das kann doch nicht sein‹.

Dann warten Sie's ab!

»Sie ist da«, riefen die Ärzte im Kinderkrankenhaus von Philadelphia und meinten damit die künstliche Gebärmutter. Sie sieht aus wie ein großer Gefrierbeutel. In ihrem Inneren liegt ein 23 Wochen altes Lämmchen, an dem die künstliche Gebärmutter getestet wird. Die Technik trägt den Namen *Ektogenese* und steht für die Entwicklung eines Fötus außerhalb des Körpers. Die Erzeugung der Kinder soll ohne Sexualität und ohne Eltern stattfinden.

Siehe *Schöne neue Welt: künstliche Gebärmutter – Maschine statt Mama – ist Realität!* [93]

(Die künstliche Gebärmutter – Maschine statt Mama
Künstliche Gebärmutter: Forschertraum und Hoffnung bei Kinderwunsch. [94]

Die gute Nachricht ist: *extreme Frühchen* könnten bald in einer Art künstlichen Gebärmutter außerhalb des Mutterleibes heranreifen, bis sie für die Außenwelt bereit sind.

Somit rückt der Traum vieler Frauen immer näher, dass Kinder nicht mehr mit einer beschwerlichen Schwangerschaft und schmerzhaften Geburt verbunden sind. Es gibt auch keine Torschlusspanik mehr, da die biologische Uhr nicht mehr tickt, und der mühsam erarbeitete Body kann so bleiben, wie er ist, ohne schlaffes Gewebe und / oder Schwangerschaftsstreifen. Auch den Gefühlsschwankungen, denen viele Frauen ausgesetzt sind, könnte man ausweichen.

Die Frage bleibt offen, ob es wirklich wünschenswert wäre, die Ektogenese als Befreiung der Frau anzusehen. Fortschrittliche Feministinnen sehen es so. Für sie ist die Frau keine Gebärmaschine. Wenn man die Philosophie der Aufhebung der Geschlechter vertritt, mag dies zutreffen.
Dieses Thema spaltet feministische Gruppierungen wie fast kein anderes. Besonders Ökofeministinnen sehen in der Schaffung von *künstlichen Gebärmaschinen* eine Entmachtung und Entzauberung der Frau. »Wir müssen zuerst das lebensfeindliche Konstrukt des Patriarchats durchschauen und Alternativen zur patriarchal geprägten Globalisierungsgesellschaft finden«, heißt es dort.

An dieser Stelle möchte ich doch etwas Persönliches hinzufügen:
Ich habe meine Schwangerschaften genossen und die Geburt als ein sehr tiefes Erleben und wunderbares Geschenk in meinem Leben erfahren dürfen. Ich bin überzeugt, dass die Verbindung zu meinen Kindern dadurch gefestigt wurde.

Doch nun zum eigentlichen Thema, den neuen Kindern. Künftige Eltern können genetische Persönlichkeitsmerkmale ihrer Kinder wählen. Warum das ganz den Präferenzen transhumanistischen Denkens entspricht, ist schnell enträtselt: Genetische Veränderungen/Verbesserungen erhöhen die Wahrscheinlichkeit, dass eine posthumane Spezies entsteht.

Jetzt haben erstmals Wissenschaftler in den USA das Erbgut menschlicher Embryonen mit der gentechnischen Methode CRISPR-Cas9 modifiziert – so geschehen an der Oregon Health

and Science University in Portland unter Leitung des Forschers
Shoukhrat Mitalipov. (Veröffentlicht am 27.07.2017)[95]

Am 04. 10. 2013 berichtete *NTV* über ein US-Unternehmen,
das sich das Patent auf *Designerbabys* sichern ließ. Darin hieß
es: »Kinder nach Maß: Eine Biotechnologie-Firma hat sich
in den USA ein Patent auf die Auswahl sogenannter Desig-
ner-Babys gesichert. Das bestätigte eine Sprecherin des kali-
fornischen Unternehmens 23andMe. Sie betonte aber, dass
dieses Patent in der Praxis nicht zur Anwendung kommen
solle. Kritiker warnen dagegen vor Missbrauch ...«[96]

Es ist nicht verwunderlich, dass auch Google in das Unternehmen investiert.
So einfach könnte es werden: *Genetisches Make-up ausdenken,*
-wählen und Designerbaby von künstlicher Gebärmutter austra-
gen lassen ...

Ich stelle mir gerade eine Begegnung zwischen zwei Frauen
vor, Grace heißt die eine und Penelope die andere.
»Oh, lass mal sehen, geschätzte Freundin.«
Während Grace, die glückliche Mutter, das weiße Netz im
Kinderwagen per Wimpernschlag öffnet, lässt sie einen zu-
friedenen Blick über ihr Baby schweifen. Sie nennt es Black
Beauty. Sie selbst trägt ebenfalls schwarze Haut. Sie hat sich
am Design Grace Jones orientiert und die Merkmale, wie mar-
kant designte Pobacken und extrem lange Beine, gleich um
ein Vielfaches verstärkt anlegen lassen.
Penelope, ein zauberhaftes Märchenwesen mit pinkfarbenem,
seidenglattem Haar, fragt: »Gestattest du mir einen Blick auf
deinen Nachwuchs?«
»Selbstverständlich, geschätzte Penelope.«
Penelope stellt sich auf die Zehenspitzen.

»Wow! Ist das die neue Generation?«, ruft sie aus.

Grace lächelt stolz und drückt den Kinderwagen, kaum merklich, aber doch leicht nach unten. Penelope spürt den Ruck und umklammert den Griff des Kinderwagens.

»Was für ein wunderschönes Kind!«, flüstert Penelope andächtig.

»Ja, ich hab es nach den neuesten Erkenntnissen herstellen lassen«, antwortet unsere Grace und fügt hinzu: »Es ist ein Kunstwerk. Ich bin sehr zufrieden. Schau nur, wie es die Oberarme bewegt. Seine Muskeln sind auf Töne programmiert.«

Ich beschließe die Geschichte an dieser Stelle und erlaube mir die Frage: Was ist, wenn unser Baby einmal groß geworden ist und sich beim Hersteller beschwert, weil es keine auf Töne programmierten Muskeln mag? Was ist dann mit der Verantwortung des Schöpfers für sein Produkt? Vielleicht würde es unser Baby später als Respektlosigkeit und Fremdbestimmung seitens des Zeugers sehen. Möglicherweise wird der heranwachsende Jugendliche den Zeugern zum Trotz rebellieren und genau das Gegenteil von dem machen, was von ihm erwartet wird. Diese Rebellion wäre ein Versuch, Menschenwürde und Autonomie zurückzuerlangen.

Habermas äußerte sich dazu wie folgt:

»Können wir wirklich wissen, ob irgendeine Mitgift den Spielraum der Lebensgestaltung eines anderen tatsächlich erweitert? Sind Eltern, die nur das Beste für ihre Kinder wollen, wirklich in der Lage, die Umstände – und das Zusammenwirken dieser Umstände – vorauszusehen, unter denen beispielsweise ein glänzendes Gedächtnis oder hohe Intelligenz […] segensreich wären? Ein gutes Gedächtnis ist oft, aber keineswegs immer ein Segen. Nicht vergessen zu können, kann ein Fluch sein.«[97]

Bis heute war es so, dass man glaubte, unter einem guten oder schlechten Stern geboren worden zu sein. Die Karten bei unserer Geburt waren ein Mysterium. Unsere Geburt konnte je nach Familie, Land und Stand Fluch oder Segen sein. Wir fragten nicht. Wir waren Kinder unserer Eltern.

Wenn wir Eigenschaften und Aussehen wie aus einem Katalog wählen können, welche Bedeutung bleibt der Kunst, wenn jeder nach Lust und Laune singen kann wie Caruso und malen wie Pollock oder Leonardo da Vinci?

Welche Bedeutung hätten Talente und Fähigkeiten, wenn alles zur Massenware herabstilisiert wird?

Würden die Begriffe *Anerkennung* und *Erfolg* noch gelten?

Was wäre mit den sportlichen Leistungen, wenn jeder Muskeln und Beweglichkeit programmieren kann?

DIE WELT NACH DER WELT

Kulturgeschichte, Literatur, Kunst, Philosophie und Religion sind *nur* dem natürlichen Menschen gegeben. Der codierte Mensch wird nichts mehr damit anfangen können. Kultur ist dann gleich Technik – eine Gleichung, die der Logik und Vernunft entspricht.

Wohin dann mit den überlebensgroßen Werken der Plastiker, mit den tonnenschweren Figuren aus Stein oder massivem Edelstahl, mit den Figuren, die als Wahrzeichen und Ikonen der Kunst galten?

Was mit den Tausenden und Abertausenden Kunstschätzen weltweit?

Soll Mona Lisa ihr Lächeln für immer verlieren?

Sind damit die Glanzzeiten der Antike für immer dahin?

Das kulturelle Erscheinungsbild der westlichen Zivilisation wäre ohne seine Ursprünge im antiken Griechenland nicht denkbar. Das trifft für Philosophie, Literatur wie auch für Kunst und Architektur zu.

An dieser Stelle kann man einwenden: Der neue Mensch wird Kultur im herkömmlichen Sinn nicht mehr brauchen. Er wird Kultur immer stärker durch Technologie ersetzen. Die Sinnfrage wird eine ganz andere sein und das grundlegende Bild des Menschen wird sich verändern bzw. wird der Mensch überholt und eine andere Wesenheit wird ihn ersetzen.

Wäre dann alles, was uns einstmals Türen und Sinne geöffnet hat, auf einem Chip festgehalten und vielleicht unter dem Kennwort *Nostalgie* gespeichert?

Ach ja, die Nostalgie ... Da sind wir wieder angekommen. Vielleicht brauchen wir sie doch noch!

Anders gefragt: Wie würde Kunst in der neuen Welt aussehen? Ist sie in transhumanen Hermaphroditen, transsexuellen Wesen mit synthetischen, künstlich gesetzten Implantaten in einer Versuchsstation mitten im Weltall zu finden?

Groteske und Humoreske wechseln sich ab, wenn wir an die symbolischen und physiologischen Merkmale der Geschlechter stoßen. Die Freiheit hat nun alle Grenzen der Natur überwunden. Vielleicht leben wir wieder in einer wild wuchernden Fruchtbarkeit, in Reminiszenz an die Erde. Die Kunst ist nun eine schöpferisch gestaltende am Wesen und seiner Umgebung selbst und alles, was die Welt an Kunst jemals hervorgebracht hat, wird vielleicht noch einmal aufgerollt: die wohl bekannteste Kirche Barcelonas, die Sagrada Familia von Gaudi, eines der exotischsten und atemberaubendsten Bauwerke unserer Welt, der Louvre von Paris, botanische Denkmäler, Zeugnisse einer uralten Philosophie, der kleine Bach, Äpfel aus dem Paradies etc. Möglicherweise wird alles erschaffen, was jemals unser Herz erfreut hat, und darüber hinaus noch viel mehr, möglicherweise werden neue Formen entstehen, Formen, von denen wir keine Ahnung haben, Farben, die wir noch nie sehen konnten, neue Musikklänge und unsere Körper in allen denkbaren Metamorphosen.

Aus der Vergangenheit könnte der Kugelmensch auferstehen, Platons archaische Form der Menschengattung in bisexueller Vollkommenheit. Den Göttern war es zu viel und ihr Neid war groß, die androgyne Gattung wurde ausgelöscht, indem sie die Kugelkörper trennten und so die Ordnung der Zweigeschlechtlichkeit kreierten (Platon: *Symposion*).[98]

Die Idee, die Geschlechter zusammenzuführen wäre dann wieder an ihrem Ursprung angelangt.

Wer kann schon ahnen, in welch neue und alte Welten wir uns katapultieren. Ich kann mir vorstellen, dass Ihnen noch viele Ideen kommen werden, wie sich die zukünftige Welt anfühlen könnte und was sich dort alles abspielen wird, wenn wir alles so haben können, wie wir es wollen.

Lassen Sie uns ein weiteres Gedankenexperiment durchspielen: Stellen Sie sich vor, Sie sind ein transhumanistisches Wesen und blicken von der Zukunft in die Vergangenheit: Sie sehnen sich vielleicht nach ihrem Weltenkörper, der schön, weich, warm und biegsam war, mit allen Vorzügen und Nachteilen ausgestattet und doch in seiner Empfindung einzigartig. Ein Körper, der die Jahreszeiten des Lebens kannte und in die göttliche Ordnung eingebunden war, ein Körper als Instrument des Geistes, selbst ein Instrument, ein Körper, der sich zu steuern versuchte, der einen Schritt vor den anderen setzte und im Tanz eine weitere Dimension der Freude und Steuerung erfuhr.

Oder: Sie fühlen den Herzschlag aus der Vergangenheit. Sie erinnern sich, wie es war, egal was Sie heute sind: Der Körper hat gesprochen, Sie konnten ihn erleben und spüren. Sie erinnern sich an Ihr Spiegelbild, als Sie Ihren Körper visuell wahrgenommen haben. Er war Ihnen so gegenwärtig über alle Sinne. Ihr Körper konnte alles: sehen, tasten, hören, riechen, schmecken, spüren und fühlen. Wenn es Ihnen schlecht ging, hat Ihnen Ihr Körper geantwortet. Sie hatten das Gefühl, jede Körperzelle unangenehm zu spüren. Wenn Sie glücklich waren, schienen Ihre Körperzellen zu tanzen, leicht und beschwingt fühlten sie sich an. Ihr Selbst war mit dem Körper verbunden. Sie und Ihr Selbst waren eine Einheit. Sie können sich an das Gefühl erinnern, das irgendwie über den Körper hinausging, als wären Sie mit dem Kosmos verbunden. Sie spürten etwas, was Sie heute als posthumanes Wesen nicht mehr spüren können. Ihr alter Körper war auf ein Außen bezogen, Ihr neuer ist es nicht. Sie waren tausendfach und abertausendfach verbunden – eine Interaktion – vielleicht mit Gott?

Nun ist Ihr Körper nur mehr Maschine. Die Conditio humana hat sich wie ein alter Baum von den Wurzeln gelöst. Ihr Menschenkörper war ein Substrat, offen für allerlei Konstruktionen, beeinflussbar durch Gedanken, Umwelt und Charakter. Ihre Wahrnehmung war eine andere. Heute ist die Wahrnehmung programmierbar, sowie auch alles an Ihnen von einem Programm gesteuert wird. Ihr Körper ändert sich nicht mehr durch die Verbundenheit des Seins. Ihr Körper ändert sich allein durch Programmierung.

Es gibt keine Phänomene mehr wie Ihre Aura, die Sie einstmals umgab. Konzepte wie Körper, Seele und Geist – welche Rolle spielen sie noch? Das interaktive Spannungsfeld zwischen Körper und Geist hat sich aufgelöst. Früher hat Ihr Körper gesprochen. Er hatte seine Sprache. Heute ist er elektronisch gesteuert. Ihm fehlen die Worte. Er ist nicht mehr echt.

Prothetik, Implantation, Transplantation und gentechnische Verfahren haben ihn erweitert und entstellt. Er ändert sich, wenn Sie den Impuls geben. Alles ist möglich. Doch dieses *Alles ist möglich* ist dann auch wieder *Nichts*.

Doch vielleicht ist dies besser als alles Bisherige? Wir haben es bis heute nicht geschafft menschlich zu sein.

Fazit: Dann liegen wir brach in der Bewusstseinswolke ohne Endlichkeit, dafür mit unendlicher Intelligenz ausgestattet. Alle Körperzellen vernichtet, die Frage nach dem höheren Ziel offen. Wären wir nicht nach wie vor ein unterworfenes, der technisch-kapitalistischen Welt angehängtes Subjekt? Wären wir nicht in totaler Abhängigkeit von Computersystemen?

Was wäre, wenn ein Dämon (Virus) die Steuerungsprozesse kontrolliert?

Wer entscheidet, wann das Computersystem eines Tages abgeschaltet wird?

Wie lange kann sich der Einzelne überhaupt die Aufrechterhaltung seiner Technik leisten?

Ein utopisches System wartet darauf, in alles, was unser Leben und unsere Gesellschaftsordnung ausmacht, einzudringen. Wir können beobachten und sehen, wie der Organismus Welt umgebaut wird. Wenn wir das begriffen haben, wissen wir, weshalb die Zukunft in unsere Gegenwart hineinreicht.

GEDANKEN ZUR ETHIK

Schon die alten Griechen hatten die Idee von bestimmten Idealen innerhalb einer Gesellschaft, die sich zum Wohle aller ausbreiten sollen. Aristoteles nannte dies im vierten Jahrhundert vor Christus »die Grundlehre menschlichen Tuns«.

Und Goethe sagt:

> »Edel sei der Mensch,
> Hilfreich und gut!
> Denn das allein
> Unterscheidet ihn
> Von allen Wesen,
> Die wir kennen.«

Seit Beginn der Aufklärung geht es im Humanismus vor allem um die Frage, wie sich das Glück und Wohlergehen des Einzelnen auf das menschliche Zusammenleben auswirkt und wie dieser sich im Glück für die Gesellschaft entfalten kann. Gekürzt gesagt ist Ethik das Nachdenken über Fragen der Moral und des guten Lebens.

Das große Problem des Humanismus besteht, wenn man so will, in seinem extremen Anthropozentrismus, der den Menschen nicht nur über die Natur erhebt, sondern auch als Krone der Schöpfung bezeichnet. So wird der Mensch als ein in sich fertiges Wesen dargestellt. Hier sollte der Mensch wohl zurücktreten und bescheidener sein.

Transhumanisten verfolgen ein naturalistisches Menschenbild, aufbauend auf die Evolutionstheorie Darwins. Sie sehen den Menschen als *work in progress*. Der Transhumanismus kann als Grundsanierung des humanistischen Gebäudes mit all seinen Werten verstanden werden. Damit ist die Frage gerechtfertigt, ob der Humanismus eine Art Auslaufmodell ist. Für Transhumanisten ist er das bereits, denn in einer Welt, in der sich alles um die Entität Mensch dreht, ist kein Platz für künstliche Intelligenzen, Fortschritt und neuen Zukunftsvisionen. Transhumanisten bedienen sich, wenn überhaupt, an den noch funktionierenden Elementen des Humanismus, entwickeln diese weiter oder transzendieren sie. Transhumanisten wollen eine neue Gestaltung, um sich den Erfordernissen der Zukunft zu stellen und eine neue, blühende Gesellschaft aufzubauen und zu errichten. Das geht bis zur gemeinsamen Nutzung einer kollektiven Intelligenz. Hört man Transhumanisten über die Zukunft sprechen, sehen sie rosige Zeiten auf uns zukommen. Der Anspruch der Transhumanisten ist hoch, vom Erreichen des Weltfriedens bis hin zum Übermenschen, der zu guter Letzt das Universum beherrscht.

Konnte man sich lange Zeit distanziert zur Technik verhalten, sind wir heute aufgerufen, uns intensiv mit Fragen der zunehmenden Informatisierung, der Biowissenschaften, Nanotechnologie und der angestrebten technischen Vollendung des Menschen zu beschäftigen.

Mit Apple, Facebook, Google & Co. ist eine Konzentration von Kapital, Intelligenz und technischer Macht entstanden, die kaum zu überbieten ist. Die technologische Revolution gleicht einem Erdbeben, das Fundamente zerstört und vieles mit sich reißt, um etwas Neues zu gebären. Wir werden die Wahl haben zwischen Privatsphäre einerseits und besserer Gesundheit andererseits. Wahrscheinlich entscheiden sich die meisten für Letzteres. Wir werden Google oder dem Staat Zugang zu unseren Körperdaten geben – im Tausch für ein längeres Leben.

Wir befinden uns in einem Prozess, der uralte, mythische und religiöse Antriebe der Selbstvergöttlichung als Programm führt, Überschreitung aller Grenzen, die Neuschaffung der Welt mit Pflanzen, Tieren und Stoffen, den Versuch eines Zusammenschlusses aller Menschen in einer Gemeinschaft.

Was können wir tun?
Was wir brauchen, ist ein abgesegnetes Eigeninteresse auf allen Ebenen, wenn wir erkannt haben, dass das Kleine so wichtig ist wie das Große. Eine lebendige Kraft ist nötig, um alte Strukturen aufzureißen und das neue Denken zu integrieren. Diese Entwicklung ruft nach Menschen, die autonom, selbstbestimmt und hoch reflektiert handeln. Ein kleines Beispiel ist der Konsument. Als Konsument müssen wir die Werkzeuge der Manipulation erkennen. Keine Firma auf der Welt wird Dinge produzieren, die von den Verbrauchern nicht gekauft werden. Das müssen wir verstehen! Das gibt uns auch Macht, etwas zu verändern. Wenn wir die schlechten Geschäftspraktiken und umweltzerstörenden Maßnahmen von Konzernen kennen und ihre Produkte nicht mehr kaufen, werden sie sich verändern. Befreien wir uns von den vielen Zwangsbeglückungen, die uns von der Bewusstseinsindustrie eingeredet werden. Leben wir bescheiden! Setzen wir wieder auf regionale Produktionsstrukturen! Verhindern wir die weitere Ausbeutung in anderen Teilen der Welt durch Konzerne! Wecken wir Achtsamkeit und Wertschätzung in uns! Dann hätten wir unser Bewusstsein bereits verändert und wären nicht mehr so manipulierbare Wesen, wie es uns die Bewusstseinsindustrie seit Jahrzehnten einimpfen möchte.
Dies ist nur ein kleines Beispiel, wenn wir uns fragen, wo wir ansetzen können.

Wichtig wäre eine Diskussion, wie wir unsere Kinder vorbereiten können für die digitale Welt. Was müssen sie wissen, damit sie später in einer völlig veränderten Umwelt bestehen können? Ganz bestimmt gibt es engagierte Menschen und Lehrer, die sich diese schwierige Aufgabe vorgenommen haben und sich auch zutrauen. Doch wie gesagt sind wir alle in einem System gefangen, das von jedem von uns viel abverlangt, sodass es nicht leicht ist, sich den wahren Herausforderungen zu stellen. Am Beispiel der Lehrer lässt sich dies am besten erklären. Gerade die Lehrer werden oft gezwungen, gegen marode Schulgebäude mit Schimmelpilz an den Wänden anzukämpfen und sich viel zu lange mit Detailmaßnahmen und Auflagen der EU aufzuhalten. Hinzukommen zeitraubende Debatten, ob die Schulmilch wieder eingeführt oder endgültig abgeschafft werden sollte. Bewusst wird Zeit geraubt, um kafkaeske Aufgaben zu erfüllen, sinnlose Fragen zu beantworten und gesellschaftsfeindliche Bögen auszufüllen.

Eltern quälen sich mit Nachhilfelehrern und unwichtigen Fragen, welche Fremdsprachen für ihr Kind die richtigen wären. Dabei wird übersehen, dass das Schulsystem und Bildungswesen nach den Anforderungen längst vergangener Zeiten ausgerichtet ist.

Um uns mit der Ethik der Optimierung und der Verbesserung am Menschen auseinanderzusetzen, müssen wir uns mit Fragen konfrontieren, die unsere Stellung innerhalb der Natur und der Gesellschaft betreffen. Wir müssen uns fragen, wie wir an der Entwicklung des neuen Menschenbildes teilnehmen können und was wir tun müssen, um lebendige Hoffnung aufrechtzuerhalten. Das ist der Stoff der Zukunft, den man in alle Schulen tragen müsste.

Wir im Gesamten sind es, die die Macht des Menschen verantwortungsvoll zu tragen haben. Seien wir uns dessen bewusst und holen uns unsere Macht zurück.

Eine gesellschaftliche Umformung mit ausgefeilten ökonomischen Modellen und einer demokratischen Plattform wäre wünschenswert.

Plattformen müssten neu programmiert und umformatiert werden. (Die meisten globalen Plattformen sind eng auf das kapitalistische System zugeschnitten.)

Echte Demokratie muss von ihrem Ziel her definiert werden und kollektiv sowie selbstbestimmt taktieren. (Das setzt voraus, dass wir unsere soziale, technologische, ökonomische und psychische Welt besser verstehen.)

Jetzt ist es an der Zeit zu fragen, wozu ein globaler Organismus im Stande ist, um transformative Potenziale zu entfalten. Und die Frage der Fragen: Können wir Hoffnung schöpfen, wenn sich Grundlagen für neue Formen entwickeln?

WIR ALS TEIL DER BIOTECHNOLOGISCHEN REVOLUTION

Der neue Politiktrend heißt Transhumanismus. Wie weit die politischen Bestrebungen fortgeschritten sind und sich etabliert haben, möchte ich Ihnen in diesem Kapitel kurz schildern. Die Schnittstelle zwischen Mensch, Bewusstsein und Technologie wird zu einer der wichtigsten politischen Fragen werden, unabhängig von traditionellen Parteien, ob rechtslinks oder sonstigen Vorstellungen – spätestens dann, wenn Transhumanisten die politische Steuerung übernehmen. Die Zeit, um uns darauf vorzubereiten, ist knapp und Fragen, die in den kommenden Jahren im Spannungsfeld zwischen Politik und Kommunikation, Humanismus und Transhumanismus liegen, werden immer wichtiger. Die Technik ist zur politischen Kraft geworden. Die *Transformationstechnologie* wird eine wachsende globalpolitische Rolle spielen, die alle Bereiche unseres Lebens erfasst. Bekannte Transhumanisten und Futuristen beraten westliche Regierungen, Firmen und Entscheidungsträger. Ihr Einfluss vergrößert sich mit jedem Tag. Schauen wir nun gemeinsam wie Transhumanismus und Politik interagieren:

a) Im Jahr 2014 hat der amerikanische Philosoph und Futurist Zoltan Istvan die erste transhumanistische Partei der USA, die Transhumanist Party, gegründet. 2016 hat er für das Amt des Präsidenten der Vereinigten Staaten kandidiert.[99]

b) Transhumanist Party Global (TPG) hat sich bereits weltweit ausgedehnt und politisch organisiert. Angestrebt wird eine weltpolitische Partei. In vielen Ländern Europas finden sich transhumanistische Parteien, ausgehend von der ersten, in Großbritannien angesiedelten UKTP (UK Transhumanist Party), die seit Januar 2015 besteht.[100]

c) Die europäische Trägerorganisation TP-EU hat Arbeitsgruppen in Deutschland, Frankreich, Griechenland, Großbritannien, Italien, Kroatien, den Niederlanden, Österreich, Polen, Rumänien, Russland, Serbien, Spanien, Schweden und der Türkei initiiert. Das langfristige Ziel ist, auf Basis der TP-EU Strukturen, die Interessen der Transhumanisten im Europäischen Parlament zu vertreten.

d) Inzwischen investiert auch die EU kräftig in die Digitalisierung des Körpers.

12.01.2018, Mitteilung der Europäischen Union:

»Die Europäische Union plant, eine Milliarde Euro für Supercomputer auszugeben, um die Forschung zur Schaffung künstlicher Intelligenz und zur Bekämpfung des Klimawandels zu unterstützen. Unternehmen können sich an den Investitionen beteiligen.«

Supercomputer helfen jedem einzelnen Bürger.

Mariya Gabriel, EU-Kommissarin für digitale Wirtschaft und Gesellschaft, fügte hinzu: »Supercomputer sind in vielen Bereichen, die sich direkt auf das tägliche Leben der europäischen Bürger auswirken, bereits heute das Herzstück großer

Fortschritte und Innovationen. Sie können uns helfen, eine personalisierte Medizin zu entwickeln, Energie zu sparen und den Klimawandel effizienter zu bekämpfen. Eine bessere europäische Supercomputing-Infrastruktur birgt ein großes Potenzial für die Schaffung von Arbeitsplätzen.«[101]

e) Interessante Stellungnahmen: »Europa – Heute und in Zukunft« Blog der transhumanen Partei Deutschlands.[102]

f) Zu einer harten Auseinandersetzung kam es innerhalb der EU durch den *Delvaux-Bericht*, den ich Ihnen nicht vorenthalten möchte. Es rentiert sich wirklich, den Artikel aufmerksam zu lesen. Trotz aller Ernsthaftigkeit sehe ich Sie jetzt schon schmunzeln. Ich übernehme den Artikel.

»Transhumanismus wird Gesetz – Delvaux-Bericht (09.02.2017)

Ethisches Desaster: Europa will Roboter zu ›Menschen‹ machen!

Europaabgeordneter warnt vor Folgen des Delvaux-Berichtes: ›Transhumanismus wird Gesetz‹ / Innovation nicht über bioethische Grundsätze stellen / Position der Kirchen gefordert

Es ist längst keine Science-Fiction mehr: Roboter, die Aufgaben in der Pflege übernehmen. Autos, die sich selbst steuern. Intelligente Maschinen, die reihenweise Industriearbeiter ersetzen. Nun will die EU gesetzlich nachrüsten und einen Rechtsrahmen für Robotik schaffen. ›An sich ein sinnvoller Ansatz‹, sagt Arne Gericke, Europaabgeordneter der Familien-Partei und Vizepräsident der Arbeitsgruppe Bioethik im Europäischen Parlament. ›Allerdings sind die im Gesetzesvorschlag gegebenen Antworten die falschen – mehr noch: Sie sind gefährlich und brechen ethische Tabus.‹ Etwa dann, wenn die luxemburgische Sozialistin Maddy Delvaux als zuständige Berichterstatterin ein ›Persönlichkeitsrecht für Roboter‹ fordert, Grundrechte für intelligente Maschinen entwirft oder den Weg für humanoide Wesen ebnet. Kommenden Donnerstag soll das Straßburger Plenum über ein entsprechendes Initiativgesetz abstimmen – noch heute muss Gericke entsprechende Änderungsanträge einreichen.

Pikantes Detail, so Gericke: ›Obwohl wir als Parlament das höchst sensible Thema der Robotik zum allerersten Mal diskutieren, startet die Berichterstatterin gleich mit einem sogenannten INL-Bericht‹ – kurz erklärt: ein sehr selten zum Einsatz kommendes Instrument des Europaparlamentes, um direkt Gesetzesvorschläge an den Rat zu machen, die von diesem einstimmig angenommen oder abgelehnt werden können. Eine Methode, die an sich ›interinstitutionellen Anliegen‹ vorbehalten ist. Für den Bioethikexperten Gericke ein Skandal: ›Ich kann ein solch bedeutendes Thema nicht einfach über Nacht auf den parlamentarischen Teller bringen – nach dem Motto: *Friss oder stirb!*‹

Für ihn ist klar: ›Hier versuchen einige Fortschrittsfanatiker, getrieben von der Lobby großer Konzerne, eine für sie ungemütliche Ethik-Debatte zu verhindern und binnen Wochen Fakten zu schaffen.‹ Doch nicht mit Gericke. Obwohl selbst nicht Mitglied des federführenden Rechtsausschusses, hat er in letzter Minute eine fraktionsübergreifende Koalition christlicher Abgeordneter geschmiedet, die sich den Ad-hoc-Plänen der Robot-Lobby entgegen stellen: ›Aus ethischer Sicht ist eine solch überstürzte Festlegung im Bereich der Robotik unvertretbar.‹

In mehreren Plenaränderungsanträgen versuchen Gericke und seine Mitstreiter – unter ihnen auch die kroatische EVO-Europaabgeordnete Marianna Petir – zumindest ›die schlimmsten Spitzen des Berichts‹ zu verhindern. Knapp 50 Mitstreiter hat Gericke dafür über die Fraktionsgrenzen hinweg gewonnen. So fordern sie etwa die Streichung eines Paragraphen, der eine ›legal personality‹ für Roboter und andere Maschinen mit unabhängiger, künstlicher Intelligenz verlangt. ›Plakativ gesagt macht der Bericht hier die Maschine zum Menschen, er gibt den Robotern einen Personalausweis - mit verheerenden, unabsehbaren Folgen!‹ ›Kern des Anliegens‹, so Gericke, ›ist es, Großkonzerne und Forscher aus der Verantwortung zu nehmen, wenn Roboter einmal unabhängig handeln. Diesen Schritt darf es nie geben. Hinter jeder Maschine muss immer menschliche Verantwortung stehen!‹ Streichen will Gericke auch die Verweise auf *human enhancement* – also die Verbesserung und Optimierung menschlicher Körper durch Roboter-Elemente: ›Hier machen wir uns durch die Hintertür wieder einmal zu Gott – wir machen den Terminator zur traurigen Wirklichkeit. Hier wird Transhumanismus zum Gesetz!‹ Niemand, ›der auch nur ein Quäntchen ethisches Gewissen hat, kann das wollen.‹

Die Abstimmung des Berichts im Europaparlament ist für Donnerstag kommender Woche angesetzt, Mittwoch gibt es dazu eine Aussprache im Plenum. Seine Änderungsanträge muss Gericke heute bis zwölf Uhr einreichen.[103]

Lassen Sie uns an dieser Stelle noch einen Blick in die USA werfen, um aufzuzeigen, wie konkret der Weg in eine transhumanistische Gesellschaft vorbereitet wird: Einmal durch das Google-Projekt *Endet den Tod*, die Intensivierung der BRAIN-Initiative der USA und den Ausbau der Singularity

University auf dem NASA-Gelände Moffet Federal Airfield nahe Palo Alto, einer 2008 von Google-Ingenieurschef Ray Kurzweil mitgegründeten Universität, die der Vorbereitung auf die *technische Singularität* dient.

Führende Universitätszentren, wie das Institut der Zukunft der Menschheit (Future of Humanity Institute) der Oxford Universität, treten aktiv für eine Cyborgisierung des Menschen ein. Fördermittel erhalten sie von Finanziers und Großsponsoren aus den USA und Europa, darunter aus der globalen Technologie-Wirtschafts-Avantgarde im Silicon Valley.

Weitere Informationen finden Sie nach meinen Anmerkungen unter *Ergänzungen*.

SCHLUSSBEMERKUNG

Ich hoffe, Sie sind durch meine Ausführungen richtig neugierig geworden! Für einige von Ihnen mag viel Bekanntes dabei gewesen sein, andere sind vielleicht auf Neuland gestoßen.
Auf dem Scheitelpunkt der Krise, im Sog in die neue Zeit, brauchen wir große Denkgebäude.

In diesem Sinne wünsche ich uns allen:

Ein neues Denken für eine neue Zeit.

Ich möchte bemerken, dass meine Ausführungen nicht den Anspruch eines umfassenden Bildes der jeweils angesprochenen Thematik erfüllen.

ANMERKUNGEN

1 Bense, Max: Vorwort. In: Denkmaschinen. Gustav Klipper Verlag, 1955.

1a Denkmaschine: http://blog.hnf.de/die-geburt-der-denkmaschine.

2 Schwentker, 2005, S. 40.

3 Kiesewetter, Hubert u. Zschaler, Frank: Globalisierung als Mythos oder neue Qualität der Weltwirtschaft: Auf was wir vorbereitet sein sollten. In: Vom Imperium Romanum zum Global Village. Ars una, 2000, S. 166.

4 Kiesewetter, Hubert u. Zschaler, Frank: Globalisierung als Mythos oder neue Qualität der Weltwirtschaft: Auf was wir vorbereitet sein sollten. In: Vom Imperium Romanum zum Global Village. Ars una, 2000, S. 168 ff.

5 www.trend.infopartisan.net/trd1107/t201107.html

6 Tegmark, Max: Unser mathematisches Universum. Auf der Suche nach dem Wesen der Wirklichkeit. Ullstein Verlag, 2014, S. 608.

7 Platon: Das platonische Menschenbild wird zur Grundlage des abendländisch-christlichen Menschenbildes, das Individualität, Unsterblichkeit und Geistigkeit als grundsätzliches Muster predigt, Körperlichkeit und Fleisch hingegen diskriminiert.

8 Wilber, Ken: Halbzeit der Evolution / Up From Eden. Der Mensch auf dem Weg vom animalischen zum kosmischen Bewusstsein. Eine interdisziplinäre Darstellung der Entwicklung des menschlichen Geistes, S. Fischer Verlag, 2013.

9 Descartes, René: Méditations sur la philosophie première (philosophie.accreteil.fr/IMGpdf/Meditations.pdf).

10 Putnam, Hilary: Gehirne in einem Bottich, Berecker Sven und Dretske Fred
Wissen: Lesungen in der Zeitgenössischen Erkenntnistheorie. Oxford Universitätspresse, 2000, S 1–21.

11 http://europa.eu/rapid/press-release_IP-16-2434_de.htm

12 http://de.wfp.org/hunger/hunger-statistik

13 Koestler, Arthur: Irrläufer der Evolution. Scherz, 1978.

14 Gehlen, Arnold: Der Mensch. Seine Natur und seine Stellung in der Welt. AULA Verlag, 2013.

15 Portmann, Adolf: Biologische Fragmente. Zu einer Lehre vom Menschen. Schwabe & Co Verlag, 1969.

16 Lévi-Strauss, Claude: Traurige Tropen. Suhrkamp Verlag, 1978.

17 Im Mai 2016 hatte sich Ronis Ariel wegen Rassismusvorwürfen das Leben genommen. Der 47-Jährige beging Selbstmord, nachdem eine nach Israel eingereiste Afroamerikanerin ihn als Rassisten bezeichnet hatte und ihr Post mehr als 6.000 Mal geteilt worden war. Vor seinem Tod wies Ronis in seinem Facebook-Account alle Vorwürfe zurück und schrieb, er könne die Tatsache nicht ertragen, dass sein guter Name befleckt und zu einem Synonym für Rassismus geworden sei. Mehr: https://de.sputniknews.com/panorama/20160815312128124-Israel-zwei-millionen-us-dollar-klage-fuer-abneigung-gegen-araber-in-schwimmbädern/

18 blog.mediatisiertewelten.de/2016/01/medienbeobachtung-52016/

19 Floridi, Luciano: Die 4. Revolution. Wie die Infosphäre unser Leben verändert. Suhrkamp Verlag, 2015,

20 https://onlinemarketing.de/lexikon/definition-social-bots

21 Lanier, Jarone: You are Not a Gadget. Rauer Buchschnitt, 2010.

22 Pariser, Eli: Filter Bubble. Wie wir im Internet entmündigt werden. Carl Naser Verlag, 2012.

23 weblog.hist.net/archives/892.

24 www.20min.ch/digital/news/ .../Studie-entlarvt-Facebook-als-Beziehungskiller-154129.

25 Digitale Eifersucht boomt | Der Beziehungsdoktor Forum forum.beziehungsdoktor.de › Foren › Beziehungskummer Forum › Plauderecke.

26 Rechtsprechung BGH, 28.01.2014 – VI ZR 156/13 – Dejure. org https://dejure.org/dienste/vernetzung/rechtsprechung?Gericht=BGH...28...

27 Boudrillard, Jean: Simulacres et Simulation. Édition Galilée, 1981.

28 Nothomb, Amélie: Reality Show. Diogenes Verlag, 2007.

29 Hegel, Georg Wilhelm Friedrich: Phänomenologie des Geistes.

30 Schmidt-Salomon, Michael: Keine Macht den Doofen / Eine Streitschrift, Piper Verlag, 2012.

31 Drew Richard / Wikipedia: The Falling Man / 11. September 2001 / 9:41:15 Uhr (Eastern Daylight Time) New York City

32 Neusprech/Institut für Medienverantwortung https://www. medienverantwortung.de/unsere .../neusprech-manipulation-durch-sprach...

33 Wittgenstein, Ludwig: Tractatus logico-philosophicus. Logisch-philosophische Abhandlung. Edition Suhrkamp, 1973.

34 Orwell, George: 1984. Ullstein, 1994.

35 Enzyklopädie des Holocaust. Band III, Piper, 1998.

36 Ludwig, Jan: Populismus. Carlsen Klartext, 2017.

37 Steiner, George: Sprache und Schweigen. Essays über Sprache, Literatur und das Unmenschliche. Suhrkamp Verlag, 2014.

38 www.industry-of-things.de/alles-vernetzt-alles-smart-und-daten-ohne-ende-das-intern ...

39 What is Internet of Everything (IoE)? – Definition from WhatIs.com internetofhingsagenda.techt.arget.com/definition/internet-of-Ever.

40 http://www.augmented-minds.com/de/erweiterte-realitaet-anwendung/was-ist-augmented-reality.

41 CEC17 Climate Engineering Conference 2017, www.ce-conference.org/.

42 Geostorm: US-amerikanischer Katastrophenfilm von Dean Devlin aus dem Jahr 2017, Drehbuch und Regie Dean Devlin.

43 https://www.zentrum-der-gesundheit.de/chemtrails-wetter-ma-nipulation-ia.ht.

44 https://www.zentrum-der-gesundheit.de/chemtrails-wetter-ma-nipulation-ia.ht.

45 http://www.spektrum.de/news/schon-die-alten-aegypter-tru-gen-funktionstuechtige-prothesen/1063958.

46 https://de.wikipedia.org/wiki/Pygmalion.

47 hbjk.sbg.ac.at/kapitel/der-golem/.

48 https://de.wikipedia.org/wiki/Eiserne_Hand_(G%C3%B6tz_von_Berlichingen)

49 http://www.innovations-report.de/html/berichte/medizintech-nik/aus-erster-hand-nachbau-der-eisernen-hand-des-goetz-von-berlichingen-ueberrascht-forscher.html

50 Shelley, Mary: Frankenstein oder Der moderne Prometheus. Manese Bibliothek der Weltliteratur, 1983.

51 https://de.wikipedia.org/wiki/Jacques_Joseph

52 Haraway, Donna: Manifesto for Cyborgs. Science, Technology, and Socialist Feminism in the 1980's. In: Socialist Review 80, 1985. S 65–108.

53 https://www.theguardian.com/artanddesign/ …/neil-harbisson-worlds-first-cyborg-artist.

54 Huxley, Julian: New Bottles for New Wine. Essays, Chat-to&Windus, 1957.

55 https://de.wikipedia.org/wiki/Methylphenidat Handelsname Ritalin.

56 htttps://de.wikipedia.org/wiki/Modalfinil.

57 http://www.the guardian.com/technology/2014/mar/09goog-le-23andme-anne-wojcicki-gentics-healthcare-dna.

58 https://www.statnews.com/2017/08/07/pig-human-chimera-iz-pisua-belmonte.

59 http://www.transgen.de/forschung/2564.crispr-genome-edi-
ting-pflanzen.html
CRISPR/Cas9 ist eine neue molekularbiologische Methode,
um DNA gezielt zu schneiden und anschließend zu verändern. Auf diese Weise können einzelne Gene – genauer:
DNA-Bausteine – umgeschrieben oder »editiert« werden.
Solche Verfahren, zu denen etwa auch Zinkfinger-Nuklea-
sen oder TALEN gerechnet werden, bezeichnet man daher
zusammenfassend als Genome Editing (oder Gene Editing),
manchmal auch »Gen-Schere« oder »Gen-Chrirurgie«.

60 http://www.deraktionaer.de/aktie/crispr-schock--das-aus-fuer-
editas--intellia-und-co--353290.htm

61 www.concom.info/2014/nanomotoren-fur-menschliche-zellen/

62 www.spektrum.de/magazin/100-jahre-quantentheorie/827483

63 Kurzweil, Ray: Menschheit 2.0. Die Singularität naht. Lola
Books, 2013.

64 http://www.cancom.info/2014/12/ist-kunstliche-intelligenz-
schon-im-jahr-2045-moglich/

65 www.alcor.org.

66 http://tracks.arte.tv/de/natasha-vita-more-auf-ein-langes-leben

67 Hughes, James: Democratic Transhumanism 2.0. https://en.wi-
kipedia.lrg/wiki/James_Hughes_(sociologist).

68 https://www.politik-kommunikation.de/ressorts/artikel/trans-
humanismus-der-neue-politiktrend-1278047444

69 Sorgner, Stefan Lorenz: Transhumanismus. »Die gefährlichste
Idee der Welt«?!. Herder Verlag, 2016.

70 Bostrom, Nick: Superintelligenz. Szenarien einer kommenden
Revolution. Suhrkamp, 2016.

71 http://www.abundancethebook.com/wp-content/up-
loads/2012/01/Abundance_Chapter_1_Sneak_Preview2.pdf

72 https://su.org/faculty-speakers/peter-diamandis/

73 www.au.dk/fukuyama/boger/essay/2001.

74 Habermas, Jürgen: Auf dem Weg zur liberalen Eugenik?. Suhrkamp Verlag, 2001.

75 Why the future doesn't need us – Wikipedia https://en.wikipedia.org/ …(Why_The_Future_Doesn%27t_Need_.

76 Sloterdijk, Peter: Regeln für den Menschenpark. Ein Antwortschreiben zu Heideggers Brief über den Humanismus. Suhrkamp Verlag, 1999.

77 https://celebrity-speakers.de/redner/prof-dr-kevin-warwick/.

78 Ferry, Luc: La révolution transhumaniste.Comment la technomédecine et l'uberisation du monde vont boulverser nos vies. Plon, 2016.

79 Wiener, Norbert: Cybernetics. Or Control and Communication in the Animal and the Machine. Mit Press, 1961.

80 www.natasha.cc/Home.

81 Stelarc: Gesteigerte Gebärden / Obsoletes Begehren. Post-evolutionäre Strategien. In: Endo und Nano. Die Welt von Innen. Ars electronica 92. PVS, 1992, S. 233–239.

82 ORLAN: De l'art charnel au baiser de l'artiste, Paris 1997; Jill O'Bryann: Saint ORLAN faces reincarnation, The Art journal, Bd. 56, Nr. 4, 1997, S. 50–56.

83 Haraway, Donna: Ein Manifest für Cyborgs. Feminismus im Streit mit den Technowissenschaften. In: Haraway, Donna: Die Neuerfindung der Natur. Primaten, Cyborgs und Frauen. Campus-Verlag, 1985.

84 Moravec, Hans: Mind Children. The Future of Robot and Human Intelligence. Harvard University Press, 1988, S. 160–162.

85 Schubert, Franz: Der Tod und das Mädchen (Streichquartett) Nr. 14, d-moll, op.post, D 810.

86 http://www.enzyklo.de/Begriff/Computer-Theorie%20des%20 Geistes.

87 Gelernter, David: Gezeiten des Geistes. Die Vermessung unseres Bewusstseins. Ullstein, 2016.

88 Engels, Friedrich: Anti-Dühring, MEW 20, (264).

89 www.laboriacubniks.net/de/index.html Laboria Cuboniks / Xenofeminsm

90 Haraway, Donna: Monströse Versprechen. Die Gender- und Technologie-Essays. Argument Verlag, 2017.

91 Helen, Hester: Xenofeminism. Polity Press, 2017.

92 http://ieet.org/index.php/IEET/more/benedikter20150427 Benedikter, Roland, Siepmann Katja und Macintosh, A.: The Age of Transhumanist Politics Has Begun. Will it change Traditional Concepts of Left and Right? Institute for Ethics an Emerging Technologies, 2015.

93 https://www.youtube.com/watch?v=bVh35pDmvp0 Doku: Die künstliche Gebärmutter – Maschine statt Mama.

94 http://www.t-online.de/ …/kuenstliche-gebaermutter-bald-real.

95 https://www.welt.de/gesundheit/article167119115/Das-Designer-Baby-ist-nur-noch-eine-Frage-der-Zeit.html, Lossau Norbert/Welt.de/27.07.2017 https://www.youtube.com/watch?v=jAhjPd4uNFY.

96 https://www.n-tv.de/panorama/Designer-Babys-auf-Bestellung-article11490006.html.

97 Habermas, Jürgen: Die Zukunft der menschlichen Natur. Auf dem Weg zu einer liberalen Eugenik?. Suhrkamp Verlag, 1982.

98 Platon: Symposion. Der Kugelmensch. 189d-191d.

99 http://www.telegraph.co.uk/technology/11310031/Meetthe-Transhumanist-Party-Want-to-live-foreverVote-for-me.html.

100 Transhumanist Parties in Europe (TP-EU): http:/ /transhumanistpartyglobal.org/europe/.

101 https://pulseofeurope.eu/de/offener-brief/) https://transhumane-partei.de/europa-heute-und-in-zukunft.

Ergänzung

Google Ventures: Foundation Medicine (https://www.crunchbase.
com/organization/foundation-medicine) bietet personalisierte
Krebsvorsorge und -behandlung auf Basis einer Genom-Analyse.
DNAexus fusioniert neueste Cloud-Computing-Technologie mit
der kommerziellen Analyse und Speicherung von DNA-Sequenzen.
23andMe bietet für mittlerweile nur noch 99 US-Dollar eine indi-
viduelle Genom-Analyse an.
Im September 2013 wurde aus der Firmenzentrale von Google die
Gründung der California Life Company (Calico) bekannt gegeben.
Vorrangiges Ziel ist es, mit Hilfe von Big Data, Googles Suchma-
schinentechnologie und den firmeneigenen, von uns gesammelten
Daten, die Lebensspanne von Menschen um mehrere Jahrzehnte
zu erhöhen. Leiter und einer der Investoren der Google-eigenen
Firma Calico ist Art Levinson, Verwaltungsratschef von Apple und
ehemaliger Chef von Genentech.
Durch Google Glass, der Augmented-Reality-Brille von Google,
wurden die ersten transhumanistischen Visionen realisiert. Hier
verschmelzen Mensch, Maschine und Datenbank. Vgl. www.
bigbrotherawards.de/2013/.hoard.

Weltweit gibt es transhumanistische Organisationen mit unter-
schiedlicher Ausprägung und diversen Interessensgebieten bzw. In-
teressenschwerpunkten, z. B. den Dachverband World Transhumanist Association (WTA) – Alcor Life Extension (Kryonik) – ehem.
Extropy Institute (Liberalismus, derweilen extrem) – Foresight
Institute (Nanotechnik) – Institute for Accelerating Change (Technik generell) – Singularity Institute for AI (Künstliche Intelligenz)

Landesgruppen: De:Trans (Deutschland), alpeph.se (Schweden),
Sociedad Mundial del Futuro (Venezuela)

GLOSSAR

AKZELERATION: neue politische Theorie, die den Kapitalismus mit seinen eigenen Mitteln schlagen will und Technowissenschaft begrüßt.

ANTHROPOLOGIE: die Wissenschaft vom Menschen.

APOKALYPSE: Gottesgericht, Weltuntergang, Zeitenwende.

APP: Anwendungssoftware.

ASTROPHYSIK: befasst sich mit den physikalischen Grundlagen der Erforschung von Himmelserscheinungen und ist ein Teilgebiet der Astronomie.

AVATAR: eine künstliche Person oder eine Grafikfigur, die einem Internetbenutzer in der virtuellen Welt zugeordnet wird.

BIG BROTHER: Die Fernsehshow *Big Brother* ist ein international erfolgreiches und in fast 70 Ländern ausgestrahltes, jedoch stark umstrittenes TV-Sendeformat.

BIG DATA: allgemeiner Begriff für die Beschreibung umfangreicher Mengen unstrukturierter und semistrukturierter Daten, die ohne Unterbrechung erzeugt werden.

BIOINFORMATIK: versteht sich als interdisziplinäre Wissenschaft, die Probleme aus den Lebenswissenschaften mit theoretischen, computergestützten Methoden löst. Sie hat zu grundlegenden Erkenntnissen der modernen Biologie und Medizin beigetragen.

BIOMEDIZIN: Teildisziplin der Humanbiologie im Grenzbereich von Medizin und Biologie.

BIONIK: beschäftigt sich mit dem Übertragen von Phänomenen der Natur auf die Technik.

BIOPHYSIK: befasst sich mit der physikalischen Beschreibung biologischer Materie.

BIOTECHNOLOGIE: interdisziplinäre Wissenschaft, die sich mit der Nutzung von Enzymen, Zellen und ganzen Organismen in technischen Anwendungen beschäftigt.

BIOWISSENSCHAFTEN: Lebenswissenschaften oder Life Sciences genannt. Forschungsrichtungen und Ausbildungsgänge, die sich mit Prozessen oder Strukturen von Lebewesen beschäftigen.

BURNOUT: Oberbegriff für persönliche Krisen, die eher mit unauffälligen Frühsymptomen beginnen und mit völliger Arbeitsunfähigkeit oder sogar Suizid enden können.

CERN: europäische Organisation für Kernforschung ist eine Großforschungseinrichtung bei Meyrin im Kanton Genf / Schweiz, die seit 1954 besteht.

CHEMTRAILS: künstliche, durch chemische Mittel hervorgerufenen Kondensstreifen, die von Flugzeugen versprüht werden, um das Wetter zu manipulieren.

CHIP: elementarer Impuls zur Datenübertragung.

CLOUD: (deutsch: Rechnerwolke) beschreibt die Bereitstellung von IT-Infrastruktur, wie zum Beispiel Speicherplatz, Rechenleistung oder Anwendersoftware als Dienstleistung über das Internet. Die Rede ist davon, dass das menschliche Gehirn sich in etwa 15-30 Jahren mit der Cloud verbinden wird.

CYBERFEMINISMUS: eine postmoderne Philosophie. Wie kann Technologie verwendet werden, um die Codes des Patriarchats zu hacken, und vieles andere mehr …

CYBERMOBBING: verschiedene Formen von Verleumdung, Belästigung, Bedrängung und Nötigung durch Menschen im Internet, in Chatrooms, etc.

CYBERSPACE: durch Computerprogramme geschaffene dreidimensionale, virtuelle Welt.

CYBORG: Mischwesen aus lebendigem Organismus und Maschine.

DATA-MINING: die systematische Anwendung statistischer Methoden auf große Datenbestände (insbesondere Big Data) mit dem Ziel, neue Querverbindungen und Trends zu erkennen. Solche Datenbestände werden aufgrund ihrer Größe mittels computergestützter Methoden verarbeitet.

DETERMINISMUS: Theorie, dass alle Ereignisse im Voraus fest-
gelegt sind und es keinen freien Willen gibt.

DERIVATE: Termingeschäfte im Finanzwesen.

DIGITALISIERUNG: bezeichnet die Ablösung von analogen Pro-
dukt- und Serviceinformationen durch digitale Medien, die in der
gesamten Wertschöpfungskette nutzbar sind. Durch die Digitalisierung von Produkt- und Serviceinformationen und die Nutzung
des Internets können geografische Grenzen überwunden werden.

DIGITALE REVOLUTION: (auch *dritte industrielle Revolution*
genannt) bezeichnet den Umbruch und Wandel seit Ausgang des
20. Jahrhunderts, sowohl in der Technik, als auch in fast allen üb-
rigen Lebensbereichen. (Computerisierung, Informationszeitalter
und Digitale Revolution überschneiden sich thematisch.)

DOPPELDENK: (englisch *doublethink*. in älteren Übersetzun-
gen *Zwiedenken*) ist ein Neusprech-Begriff aus dem dystopischen
Roman 1984 von George Orwell und beschreibt eine Art schizo-
phrenen Denkens.

DUALISMUS: die Auffassung, es gebe zwei Substanzen, zwei
Arten von Gegenständen. Denken und Materie sind voneinander
getrennt.

ECHTZEITKOMMUNIKATION: beschreibt die Integration
von Kommunikationsmedien in einer einheitlichen Anwendungs-
umgebung.

EKTOGENESE: Bezeichnung für die Zeugung und Reifung eines
Säugetierembryos in einem künstlichen Uterus.

EMPIRISCH: Wissenschaftliche Erkenntnis, die aus Versuchen
nachvollziehbar beschrieben und wiederholbar ist.

ENHANCEMENT: Verbesserung, Erhöhung.

EUROPE-V-FACEBOOK.ORG: Organisation, Sammelklage
gegen Facebook wegen Datenschutzbestimmungen, die nicht be-
achtet werden.

EUROSCIENCE OPEN FORUM (ESOF) gesamteuropäische
Wissenschaftskonferenz.

FAZ: Frankfurter Allgemeine Zeitung.

GADGET: Spielzeug, technische Spielerei.

GENDER-MAINSTREAMING: Strategie zur Förderung der Gleichstellung der Geschlechter.

HAARP: Forschungsinstitut in Gakona / Alaska und vielen anderen Plätze weltweit.

HERMAPHRODIT: Figur aus der griechischen Mythologie.

HERMAPHRODISMUS: bezeichnet die Zweigeschlechtlichkeit in der Biologie.

HOMO SAPIENS: der Biologie nach ein höheres Säugetier aus der Ordnung der Primaten. Er gehört zur Unterordnung der Trockennasenprimaten und dort zur Familie der Menschenaffen.

HUMANBIOLOGIE: untersucht die Biologie des Menschen. Dazu zählen seine Anatomie, die Evolution, die Genetik und medizinische Aspekte wie Physiologie und Immunologie.

HUMAN ENHANCEMENT: künstliche Verbesserung des Menschen: schöner, schneller, klüger.

HUMANÖKOLOGIE: interdisziplinäres Forschungsfeld, das die Beziehungen zwischen Menschen und ihrer (natürlichen) Umwelt behandelt. Untersucht wird dabei, wie Menschen und Gesellschaften mit Natur oder Umwelt in Wechselwirkung treten und interagieren.

HYPERREALITÄT: simulierte Realitäten – Ende der Moderne und Beginn der Postmoderne.

HYBRIDES WESEN: Mischwesen, Chimäre, Mensch-Tier-Mischwesen.

INFOSPHÄRE: Wortschöpfung aus *Information* und *Biosphäre*. Die Infosphäre bezeichnet die gesamte informationelle Umwelt. Sie besteht aus allen informationellen Entitäten, ihren Eigenschaften, Interaktionen, Prozessen und gegenseitigen Relationen.

INTEGRALES BEWUSSTSEIN: Die *integrale Theorie* ist eine Weltanschauung, die versucht, eine umfassende Sicht des Menschen und der Welt zu entwickeln, die natur- und geisteswissenschaftliche Erkenntnisse mit denen der Wissenschaft vereint.

KAPITALAKKUMULATION: Kapitalanhäufung.

KI / KÜNSTLICHE INTELLIGENZ: keine allgemeingültige Definition vorhanden. Im Allgemeinen der Versuch, eine menschenähnliche Intelligenz nachzubilden, d. h. Programme zu entwickeln, die eigenständig Probleme bearbeiten können.

KOGNITIVE SYSTEME: Kognition ist die von einem verhaltenssteuernden System ausgeführte Umgestaltung von Information.

KOLLEKTIVES UNBEWUSSTES: Zusammenfassung aller Erfahrungen unserer Vorfahren. Es handelt sich dabei um ein bestimmtes Wissen der Menschheit, das wir alle von Geburt an besitzen.

KOLLEKTIVES GEDÄCHTNIS: gemeinsame Leistung des Gedächtnisses einer Menschengruppe. Das kollektive Gedächtnis bezieht kulturelle und soziale Aspekte mit ein und stellt einen Zusammenhang zwischen der kulturellen Vergangenheit und den aktuellen sozialen und kulturellen Verhältnissen her.

KOMPARATISTIK: Allgemeine und Vergleichende Literaturwissenschaft, in einigen Fällen auch enger nur die Vergleichende Literaturwissenschaft. Letztere ist die Wissenschaft von den Gemeinsamkeiten und Unterschieden der Literaturen verschiedener Kulturen in grenzüberschreitender Perspektive.

KONSENSWIRKLICHKEIT: Wirklichkeitskonstruktion, die wir mit anderen Menschen teilen.

KONSTRUKTIVISMUS: Strömungen in der Philosophie des 20. Jahrhunderts. Die meisten Varianten des Konstruktivismus gehen davon aus, dass ein erkannter Gegenstand vom Betrachter selbst durch den Vorgang des Erkennens konstruiert wird.

KYBERNETIK: Wissenschaft, die sich mit Selbststeuerung von Systemen befasst und Steuerungsmechanismen nachzuahmen versucht.

LIQUID DEMOCRACY: Mischform zwischen indirekter und direkter Demokratie.

LÜGENPRESSE: politisches Schlagwort, das polemisch und in herabsetzender Absicht auf mediale Erzeugnisse gerichtet ist.

MASSENEXODUS: Massenflucht, massenhaftes Verlassen, panische Flucht, Abwanderung, Auswanderung, Emigration.

MATRIX: Geordnetes Schema, das einem Bau- oder Schaltplan zugrundeliegt. Seit den Matrix-Filmen, bezeichnet sie die Wirklichkeit als Illusion, die Matrix als Scheinwelt, die Realität liegt woanders.

MEINUNGSDIKTATUR: heißt nun *Political Correctness* und zeigt sich immer häufiger in einer Scheindemokratie. Wer nicht mit der Agenda einer Regierung einverstanden ist und sich öffentlich dazu äußerst, wird bekämpft.

METAPHER: ein sprachlicher Ausdruck, bei dem ein Wort oder eine Wortgruppe aus dem eigentlichen Bedeutungszusammenhang gerissen und in einen anderen übertragen wird.

METAMORPHOSEN: Veränderung oder Umwandlung von Form und Zustand.

MIGRATION: Aus- und Einwanderung von Menschen.

MULTITASKING: Mehrprozessbetrieb. Die Fähigkeit eines Betriebssystems, mehrere Aufgaben gleichzeitig auszuführen.

MYTHOLOGIE: Sagenwelt.

NANOROBOTER: durch die Nanotechnologie hervorgebrachte Roboter im Kleinstformat, ungefähr so groß wie der Kopf eines Zündholzes. Sie sollen zukünftig noch weiter schrumpfen und nur noch so groß wie ein Blutkörperchen sein.

NANOTECHNOLOGIE: gründet auf der allen Nanoforschungsgebieten zugrunde liegenden gleichen Größenordnung der Nanoteilchen.

NEUROLOGIE: die Lehre vom Nervensystem, seinen Erkrankungen und deren medizinischer Behandlung.

NAVI: Navigationssysteme.

NEOLIBERALISMUS: Ideologie, welche die Schaffung von Märkten und Wettbewerb als zentrale staatliche Aufgabe sieht. In der Alltagssprache wird eine Sichtweise von Wirtschaft und Gesellschaft bezeichnet, die den Markt verabsolutiert und den Egoismus zum Motor des Fortschritts verklärt. Die Parolen des Neoliberalismus sind Privatisierung, Deregulierung, Lohnzurückhaltung, Steuersenkung und schlanker Staat.

NERD: Computerfreak.

NETZWERK: System von mehreren Computern, die miteinander verbunden sind. In einem Netzwerk können die Teilnehmer Datenbanken, Drucker, Internetzugang usw. gemeinsam nutzen und über Mailverkehr kommunizieren.

NEUROWISSENSCHAFTEN: Forschungsbereiche von Medizin, Psychologie und Biologie in Kooperation mit angrenzenden Wissenschaftsbereichen wie der Informationstechnik und Informatik bis zur Robotik – Aufbau und Funktionsweise von Nervensystemen

NEUSPRECH: (englisch *Newspeak*, deutsch auch *Neusprache*) bezeichnet die von einem autoritären Regime vorgeschriebene, künstlich veränderte Sprache.

NOBELPREIS: eine seit 1901 vergebene Auszeichnung, die der schwedische Erfinder und Industrielle Alfred Nobel gestiftet hat.

NOUVELLE VAGUE: Filmtechnisch innovativ und gesellschaftskritisch etablierte sich die Nouvelle Vague in der europäischen Filmgeschichte. Ihre Blütezeit dauerte bis Mitte der 1960er-Jahre. Bekannte Regisseure: Claude Chabrol, Jean-Luc Godard, Jacques Rivette, Eric Rohmer, Jacques Rozier, Francois Truffaut

POSITIVISMUS: wissenschaftstheoretische Position, welche sich bei der Erkenntnisgewinnung auf positive Befunde im Sinne der Naturwissenschaften stützt und transzendentale Begründungen verwirft.

POST DEMOKRATIE: ein Begriff, der seit den 1990er-Jahren in den Sozialwissenschaften vermehrt Verwendung findet, um eine aktuelle generelle Veränderung demokratischer Systeme zu erfassen. Grundthese ist, dass es einen Rückbau tatsächlicher politischer Partizipation gibt zugunsten einer lediglich demonstrierten Demokratie.

POST-FACT WORLD: eine Welt, in der politisches Denken und Handeln nicht den Fakten gemäß behandelt wird. Die Wahrheit tritt hinter den emotionalen Effekt der Aussage zurück.

POSTMODERNE: Zustand der abendländischen Gesellschaft, Kultur und Kunst nach der Moderne.

PRAGER FRÜHLING: gewaltsames Ende einer Reformbewegung in der damaligen Tschechoslowakei 1968, die mit Panzern und Truppen der sozialistischen Bruderstaaten unterbunden wurde.

PRIVATISIERUNG: die Überführung von staatlichem Besitz in Privatbesitz.

PSYCHOMACHT: Übergang von der Disziplinar- zur Kontrollgesellschaft, den Gilles Deleuze 1990 in einem Aufsatz festgestellt hat.

RAUBTIERKAPITALSMUS: eine nach möglichst großem Profit strebende Form des Kapitalismus ohne Rücksicht auf andere Belange oder Personen.

REALITYSHOW: (deutsch: *Realitätsfernsehen*) Als Reality-TV bezeichnet man ein Genre von Fernsehprogrammen, in denen versucht wird, die Wirklichkeit abzubilden. Geschieht dies in Form einer Show, so spricht man von einer Reality-Show.

SCORING: Wertung. Im erweiterten Sinn wird es für analytisch-statistische Verfahren benutzt, aus erhobenen Daten zu einer Risikoeinschätzung zu kommen. Zum Beispiel der Ermittlung einer Kreditwürdigkeit.

SEED AI: selbstlernende künstliche Intelligenz, welche sich durch Rekursion selbst verbessert und erweitert.

SHITSTORM: bezeichnet das lawinenartige Auftreten negativer Kritik gegen eine Person oder ein Unternehmen innerhalb von sozialen Netzwerken, Blogs oder Kommentarfunktionen von Internetseiten.

SINGULARITY: unter technologischer Singularität versteht man in erster Linie den Zeitpunkt, bei dem Maschinen sich mittels künstlicher Intelligenz (KI) rasant selbst verbessern und damit die Zukunft der Menschheit bestimmen.

SINGULARITY UNIVERSITY: Universität in Kalifornien gegründet von Peter Diamandis, Raymund Weil, Robert D. Richards. Oberstes Ziel ist der point of singularity. Er steht für den Moment, an dem Computer menschliches Verhalten perfekt simulieren können und so weit sind, um sich selbst zu optimieren. Die klügsten und begabtesten Studenten der Welt arbeiten und forschen dort.

SILICON VALLEY: das mächtigste Tal der Welt, wo Google, Microsoft, Apple, Amazon und Facebook zu Hause sind.

SOCIAL BOTS: Programme, die in sozialen Netzwerken menschliche Verhaltensmuster simulieren und als (falsche) Accounts auftauchen. Dabei beruhen sie auf bestimmten Algorithmen. Social Bots werden entwickelt, um eine menschliche Präsenz im Web vorzutäuschen und somit andere zu blenden (PR, Marketing und zunehmend politische Propaganda).

SUSPENSION: (lateinisch suspendere: aufhängen, schweben lassen) bezichnet in der Medizin und Chemie ein heterogenes Stoffgemisch.

THINKTANKS: Denkfabriken / Institute, die durch Erforschung, Entwicklung und Bewerbung von politischen, sozialen und wirtschaftlichen Konzepten und Strategien Einfluss auf die öffentliche Meinungsbildung nehmen und so Politikberatung fördern.

TOLERANZFASCHISMUS: Uneingeschränkte Toleranz führt mit Notwendigkeit zum Verschwinden der Toleranz.

TRANSGENDER: bezeichnet Menschen, deren körperliches Geschlecht nicht mit ihrem gefühlten Geschlecht übereinstimmt.

TRANSHUMANISMUS: steht für menschliche Evolution, für die Transformation des Menschen in das technologische Kontinuum. Es geht hierbei unter anderem, ähnlich wie bei der Übersetzung der DNA in den Phänotyp (semantische Interpretation vom digital-chemischen in das materiell-psychische Kontinuum), um eine Transformation des menschlichen Bewusstseins aus der materiell-psychologischen Welt, in das binär-virtuelle Kontinuum, welches es selbst geschaffen hat. http://Interaktionstheorie. org/2014/08/06transhumanismus-und existenz/

TRANSSEXUALITÄT: Nach Definition der WHO ist es der Wunsch, als Angehöriger des anderen Geschlechts zu leben und anerkannt zu werden.

TRANSVESTITISMUS: Tragen von Kleidung eines anderen Geschlechts, üblicherweise nicht in übertriebener Form wie beim Drag.

TWEET: Nachricht, die via Twitter gesendet wird.

ÜBERGANG: in diesem Zusammenhang die höchste Stufe des menschlichen Bewusstseins zur All-Einheit im Zusammenhang mit Ken Wilbers Integrale Theorie.

WORLD-WIDE-WEB: weltweiter Verbund von Computern und Computernetzwerken, in dem spezielle Dienstleistungen (wie E-Mail, World-Wide-Web, Telefonie) angeboten werden.

XENOFEMINISMUS: futuristische Theorie, die das Ende des Kapitalismus ankündigt und gemeinsam mit dem Akzelerationismus die politische Linke dazu aufruft, sich auf globaler Ebene zu vereinen, um eine post-kapitalistische Zukunft ohne Arbeit zu erschaffen. Xenofeminismus soll als eine Form von Feminismus die techno-materialistisch und anti-naturalistisch ist und den Unterschied zwischen den Geschlechtern abschaffen. (Akzelerationismus um Armen Avanessian (Merve Verlag), www.laboriacuboniks.net/de/index.html)

PERSONENREGISTER

Avanessian, Armen (*1973), österreichischer Philosoph, Literaturwissenschaftler und politischer Theoretiker, Herausgeber im Merve-Verlag.

Baudrillard, Jean (1929–2007) französischer Medientheoretiker, Philosoph und Soziologe, Professor an der Université de Paris-IX Dauphine. Vertreter des poststrukturalistischen Denkens.

Belmonte, Juan Carlos Izpisua (*1960) Professor am Gene Expression Laboratory, Salk Institute for Biological Studie.

Berlichingen, Götz von (1480–1562) fränkischer Reichsritter.

Bense, Max (1910–1990) deutscher Philosoph, Schriftsteller und Publizist, schrieb Arbeiten zur Wissenschaftstheorie, Logik, Ästhetik und Semiotik.

Bostrom, Nick (*1973) schwedischer Philosoph an der Oxford University, bekannt für seine Forschungen und Veröffentlichungen auf den Gebieten der Bioethik und der Technikfolgen.

Cannon, Tim (*1979) Mitgründer von Grindhouse Wetware, einem Zusammenschluss von Biohackern, Programmierern, Bastlern und Künstlern.

Clynes, Manfred (*1925) Wissenschaftler, Erfinder, Konzertpianist.

Darwin, Charles (1809–1882) britischer Naturforscher, Evolutionstheoretiker, Naturwissenschaftler.

Descartes, René (1596–1650) französischer Philosoph, Mathematiker und Naturwissenschaftler, Begründer des modernen frühneuzeitlichen Rationalismus.

Diamandis, Peter (*1961) US-amerikanischer Luftfahrtingenieur, Gründer der X-Prize Foundation, Mitbegründer der International Space University, Singularity University.

Drew, Richard (*1946) Fotojournalist. Auszeichnungen: World Press Photo, Award für Spot News.

Engels, Friedrich (1820–1895) deutscher Philosoph, Gesellschaftstheoretiker, Historiker, Journalist und kommunistischer Revolutionär, erfolgreicher Unternehmer in der Textilindustrie.

Ferry, Luc (*1951) von 2002 bis 2004 Bildungsminister Frankreichs, studierte an der Sorbonne Philosophie, schrieb seine Doktorarbeit über Johann Gottlieb Fichte und wurde Professor.

Floridi, Luciano (*1964) italienischer Philosoph (Informationsethik).

Freud, Sigmund (1856–1939) österreichischer Neurologe, Tiefenpsychologe, Kulturtheoretiker und Religionskritiker, Begründer der Psychoanalyse.

Fukuyama, Francis (*1952) US-amerikanischer Politikwissenschaftler, gilt als intellektuell bedeutendster Schüler von Allan Bloom.

Gaudí, Antoni (1852–1926) spanischer Architekt.

Gehlen, Arnold. (1904–1976) deutscher Philosoph, Anthropologe und Soziologe.

Goethe, Johann Wolfgang von (1749–1832) deutscher Dichter.

Grossmann, David (*1954) israelischer Schriftsteller und Friedensaktivist, Autor von Kinder- und Jugendbüchern.

Habermas, Jürgen (*1929) deutscher emeritierter Professor, gehört zu den weltweit meist rezipierten Philosophen der Gegenwart. Einflüsse: Immanuel Kant, Karl Marx, Theodor W. Adorno und mehr.
Auszeichnungen: Friedenspreis des Deutschen Buchhandels, Erasmuspreis.

Harbisson, Neil (*1982) britischer Avantgarde-Künstler und Cyborg-Aktivist.

Haraway, Donna (*1944) emeritierte US-amerikanische Professorin am Departement für History of Consciousness und am Department für Feminist Studies an der University of California.

Hawking, Stephen (1942–2018) britischer theoretischer Physiker und Astrophysiker.

Heer, Klaus (*1943) Schweizer Paartherapeut und Sachbuchautor.

Hegel, Georg Wilhelm Friedrich (1770–1831) deutscher Philosoph, wichtigster Vertreter des deutschen Idealismus.

Heinzlmaier, Bernhard (*1960) Sozialwissenschaftler, Unternehmensberater und in der Jugendforschung tätig, Mitbegründer des Instituts für Jugendkulturforschung.

Hester, Helen Associate Professor of Media and Communications an der Universität West London, Vorsitzende der Abteilung Film und Medien. Themen: technofeminism, sexuality studies and theories of social reproduction. (siehe Glossar: Xenofeminismus)

Hitler, Adolf (1889–1945) Reichskanzler (1933–1945) und Diktator des »Deutschen Reiches«.

Hofstadter, Richard (1916–1970) amerikanischer Historiker und DeWitt Professor of American History an der Columbia University.

Istvan Zoltan (*1973) Transhumanist, Journalist, Entwickler und Futurist, hat sich 2016 als Präsidentschaftskandidat in Amerika beworben. Politiker für Transhumanismus.

Jolie, Angelina (*1975) US-amerikanische Schauspielerin, Filmregisseurin, Filmproduzentin und Drehbuchautorin.

Jones, Grace (*1948) jamaikanische Sängerin, Model und Schauspielerin.

Joy, Bill (*1954) US-amerikanischer Softwareentwickler.

Joseph, Jaques (1865–1934) bedeutender plastischer Chirurg (Rhinoplastik).

Kant, Immanuel (1724–1804) deutscher Philosoph der Aufklärung.

Kennedy, John F. (1917–1963) 35. Präsident der Vereinigten Staaten von Amerika.

Kolle, Oswald (1928–2010) deutschstämmiger Journalist, Autor und Filmproduzent, der sich als sexueller Aufklärer einen Namen gemacht hat.

Köstler, Arthur (1905–1983) österreichisch-ungarischer Schriftsteller.

Kopernikus, Nikolaus (1473–1543) Astronom und Arzt.

Kurzweil, Ray (1948) US-amerikanischer Autor, Erfinder, Futurist und Director of Engineering bei Google. Bekannt wurde er als Pionier der optischen Texterkennung (OCR), Sprachsynthese und im Bereich elektronischer Musikinstrumente. Als Sachbuchautor schreibt er über Gesundheit, Transhumanismus, technologische Singularität und Zukunftsforschung.

Lévi-Strauss, Claude (1908–2009) französischer Ethnologe, Begründer des ethnologischen Strukturalismus.

McLuhan, Herbert Marshall (1911–1980) kanadischer Philosoph und Geisteswissenschaftler, Professor für englische Literatur, Literaturkritiker, Rhetoriker und Kommunikationstheoretiker. Sein Werk gilt als Grundstein der Medientheorie.

Marx, Karl (1818–1883) deutscher Philosoph, Ökonom, Gesellschaftstheoretiker, politischer Journalist, Protagonist der Arbeiterbewegung, Kritiker der bürgerlichen Gesellschaft und Religion.

Metzinger, Thomas (*1958) deutscher Philosoph und Professor für theoretische Philosophie an der Universität Mainz, Philosophie des Geistes.

Mitalipov, Shoukhrat (*1961) Biologe am Center for Embryonic Cell and Gene Therapy an der Oregon Health & Science University in Portland.

Moravec, Hans (*1948) austro-kanadischer Wissenschaftler auf dem Gebiet der Robotik an der Carnegie Mellon Universtiy in Pittsburgh, Pennsylvania.

More, Max (*1964) englischer Philosoph und Futurist.

Muise, Amy Doctor am Department of Social Psychology an der University of Guelph, York University, Toronto.

Nietzsche, Friedrich (1844–1900) deutscher klassischer Philologe und Philosoph, Dichter und Musiker.

Nothomb, Amélie (*1966) belgische Schriftstellerin in französischer Sprache.

ORLAN (1947) französische Künstlerin (Body-Art und Performance-Kunst), Begründerin der sogenannten Carnal Art.

Orwell, George (1903–1950) englischer Schriftsteller, Essayist und Journalist.

Ovid (*43 v. Chr.) antiker römischer Dichter.

Pariser, Eli (1980) Board President von MoveOn.org, Autor.

Pallach, Jan (1948–1969) tschechoslowakischer Student, der sich aus Protest gegen die Niederschlagung des Prager Frühlings und gegen das Diktat der Sowjetunion selbst verbrannte.

Platon (427–347 v. Chr.) antiker griechischer Philosoph.

Portmann, Adolf (1897–1982) schweizer Biologe, Zoologe, Anthropologe und Naturphilosoph.

Pöppel, Ernst (*1940) deutscher Psychologe.

Prince, Virginia (1912–2009) US-amerikanische Transgender-Aktivistin.

Proust, Marcel (1871–1922) französischer Schriftsteller und Sozialkritiker. Hauptwerk: *À la recherche du temps perdu / Auf der Suche nach der verlorenen Zeit.*

Putnam, Hilary (1926–2016) amerikanischer Philosoph, (Sprachphilosophie und Philosophie des Geistes).

Ronis, Ariel (†2015) Manager im Bürger-, Einwanderungs- und Grenzüberwachung in Israel.

Ronson, Jon (*1967) Journalist.

Sagan, Francoise (1935–2004) französische Schriftstellerin und Bestsellerautorin.

Searle, John (*1932) amerikanischer Philosoph (Sprachphilosophie, Geistesphilosophie, Sozialontologie und Metaphysik).

Shakespeare, William (1564–1616) englischer Dramatiker, Lyriker und Schauspieler. Seine Komödien und Tragödien gehören zu den bedeutendsten der Weltliteratur.

Shelley, Mary (1797–1851) britische Schriftstellerin (Frankenstein).

Schubert, Franz Peter (1797–1828) österreichischer Komponist.

Sloterdijk, Peter (*1947) deutscher Philosoph, Kulturwissenschaftler und Buchautor
Einflüsse: Friedrich Nietzsche, Martin Heidegger, Michel Foucault

Snowden, Edward (*1983) US-amerikanischer Whistleblower und ehemaliger CIA-Mitarbeiter.

Sorgner, Stefan Lorenz (*1973) deutscher posthumanistischer und transhumanistischer Philosoph, Nietzsche-Forscher, Musikphilosoph und Experte im Bereich der Ethik der neuen Technologien.

Steiner Georg (*1929) US-amerikanischer emeritierter Professor für Vergleichende Literaturwissenschaft, Schriftsteller, Philosoph und Kulturkritiker.

Stelarc (*1946) Medien- und Performance-Künstler.

Lévi-Strauss, Claude (1908–2009) französischer Ethnologe.

Tegmark, Max (*1967) schwedisch-US-amerikanischer Kosmologe, Wissenschaftsphilosoph und Autor.

Vita-More, Natasha (*1950) Futuristin und Vordenkerin der Transhumanismus-Szene, Bildende Künstlerin in New York und im Silicon Valley.

Warwick, Kevin (*1954) britischer Kybernetiker. An der University of Reading beschäftigt er sich mit der Schnittstelle zwischen menschlichen Nervensystemen und Computersystemen.

Weichert, Thilo (*1955) deutscher Jurist, von 2004 bis 2015 Datenschutzbeauftragter des Landes Schleswig-Holstein.

Wilber, Ken (*1949) US-amerikanischer Autor im Bereich der integralen Theorie, der vor allem über Psychologie, Philosophie, Mystik und spirituelle Evolution schreibt. Im Jahr 1998 gründete er das Integrale Institute.

Wiener, Norbert (1894–1964) US-amerikanischer Mathematiker, Begründer der Kybernetik.

Wittgenstein, Ludwig Josef Johann (1889–1951) einer der bedeutendsten Philosophen des 20. Jahrhunderts. Beiträge zur Philosophie der Logik, Sprache und des Bewusstseins.

Zuckerberg, Mark (*1984) US-amerikanischer Unternehmer und Mäzen. Gründer und Vorstandsvorsitzender des Unternehmens Facebook mit einem Anteil von 28 Prozent.